# 詩とモノを創る営み

——わかりえなさを抱きしめる——

澤田美恵子

ナカニシヤ出版

# はじめに

人間は自然の一部であることを、忘れがちな動物である。

日本は小さな島国であったため、自然の災害や戦い、そして病で大切な人やモノを失ってしまった時、悲しみと怒りでいっぱいになった心と、なんとかつきあって生きていく術《すべ》を独自に磨きあげてきた。その術は型となり、茶道、香道、工藝という今に受け継がれる文化に色濃く遺されている。本書はその術を認知科学という世界的に普遍性をもつ学問の視点から、世界に向けて解き明かそうとした試みである。

茶道、香道、工藝に見られる自然を映す型には、この日本という地に生きた人々が語り継いだ千年の祈りに似た記憶が刻まれている。

本書ではまず各章の表題の和歌を味わい情景を心に描いてみてほしい。それから認知科学の視点から解いた日本の文化について俯瞰してほしい。そして最後に言葉ではなく、やきものという手段で他者に訴えかけようとしている気鋭の現代陶芸作家の試みについて知ってほしい。各章の三つのパートのうち、何が一番あなたの心に働きかけてくるだろうか。特に詩やモノの場合、なぜ働きかけてきたのか、なぜ心惹かれたのか、わからないことも多いだろう。今は、その「わからなさ」を大切に、とりあえず抱きしめておいてほしい。その「わからなさ」は、いつかあなたを遠くへ誘っていってくれるかもしれない。

困難で孤独な時代である。だからこそ日々の生活のなか、自然やモノの声を聴き、自然や「わからなさ」に身を委ねることは、とても重要だと思う。どうかこの本が傷ついた心を癒す術の入口となるよう、祈って止まない。

澤田美恵子

# 詩とモノを創る営み
## ――わかりえなさを抱きしめる――

◎目次

はじめに　2
卯月《うづき》のお話　共在感覚……7
津守愛香の焼きモノ　14
皐月《さつき》のお話　環境の共有……19
大江志織の焼きモノ　26
水無月《みなづき》のお話　日本語の挨拶……31
デレック・ラーセンの焼きモノ　38
文月《ふみづき》のお話　詠嘆……43
植葉香澄の焼きモノ　50
葉月《はづき》のお話　アフォーダンス……55
高柳むつみの焼きモノ　62
長月《ながつき》のお話　自然の聲《こえ》……67
長谷川直人の焼きモノ　74

小春《こはる》のお話　工藝という文化…… 79
中村譲司の焼きモノ 86
霜月《しもつき》のお話　茶の湯…… 91
小坂大毅の焼きモノ 98
臘月《ろうげつ》のお話　自伝的記憶…… 103
下村順子の焼きモノ 110
睦月《むつき》のお話　香りを聞く…… 115
澤谷由子の焼きモノ 122
如月《きさらぎ》のお話　香りを伝える…… 127
安永正臣の焼きモノ 134
弥生《やよい》のお話
わかりあえなさをわかちあう 139
鯉江明の焼きモノ 146
あとがき 154
謝辞 156
付記 158

カバー写真撮影　来田 猛

卯月のお話　共在感覚

春風の花を散らすと見る夢は
さめても胸のさわぐなりけり

西行

すわる子

## 一　春風

この歌を詠んだ西行は、平安末期・鎌倉初期の歌人である。二十三歳のとき妻子を捨てて出家し、京都を出て、日本中を遍歴・修行しながら作歌したという。

私が住む京都も、春にはたくさんの桜が咲き、強い春風が吹くと、桜が一斉に散って舞う。その風景は幻想的でさえある。鴨川には花筏と形容されるように、花びらが青空を映した水の上を、筏のように流れていく。

「夢中の落花」という題で詠んだこの歌は――夢のなかで、桜の花を愛でていたら、春風が吹いて、花を吹き散らしてしまう様を見た。そこで目が覚めてしまったが、夢の中のざわついた心がまだ残っていて、心が静まらない――という様を伝えている。不安な夢を見て、夢から覚めても、まだ心に不安が残り、静まらないことが私にもあり、平安時代も今も人の気持ちは変わらないものだと溜息がでる。

## 二　出会い

四月は日本では出会いの季節である。新しい学校に入学したり、新しいクラスに入ったり、新しい出会いに伴って、新しい人間関係も生まれる。桜の季節は何かと気持ちが落ち着かない。さて、コロナ禍になる前のことである。私はある晴れた日、京都から東京へ新幹線で向かった。静岡駅を超え富士川を渡ったとき、富士山があまりに美しく立ち現われた。私は二人席の窓側に座っていたので、美しい富士山を堪能することができた。

二人席の隣には、西洋人らしい顔立ちの若い女性が座っていた。その彼女が、日本語で「あ、きれい」と発話をした。独り言かもしれない彼女の言葉に対して、私はスマートフォンで富士山の写真を撮りながら「本当にきれいですね」と返答した。私は、彼女も写真を撮ろうとしていたので、邪魔をしないように、笑顔で少しシートの方に身を引いた。それまで、新幹線の二人席というとても近い距離に居合わせながらも、一言も言葉を交えなかった二人の初めての会話であった。

私は、何か話をして会話を続けようかと考えたが、実際、彼女が会話したいのかもわからなかったので、結局話を交わしてしまったがために、その後の沈黙に少し気まずさを抱えながら、品川駅で彼女に会釈して降りた。もし、その日、富士山がきれいに見えなかったら、彼女は独り言かもしれない感嘆の発話をしなかっただろうし、私も返答することはなかっただろう。新幹線の二人席という空間では、ほとんどの場合日本人同士が隣り合わせても、見ず知らずの者同士であれば、一言も話さずに、二時間半という時間を過ごす。でも一度、会話を交わしてしまったとたんに、その後は何か意識した関係になり、会話を交わす前と後では関係性が変わる。

## 三　共在感覚

文化人類学者の木村大治はアフリカ、ザイールの農耕民ボンガンド（Bongando）における「出会い」「挨拶《あいさつ》」「一緒にいる」といった、身体や空間にかかわる日常的相互行為について考察し、次のように述べている(1)。

挨拶はそれまで不確定であった両者の関係を、一定の枠にはめ込む。挨拶によって両者の関係が構造化されると、その間に相互作用（interaction）がおこる。相互作用といっても、その内実は情報伝達、言明、非言語的な交流など多様であるが、ただ共通にいえることは、そういった顕在的な相互作用のバックグラウンドとして、それに参与するものたちが「私は今この人とともに何かをしている」という「態度のモード」を共有していることである。私はそれを「共在感覚」という言葉で呼んだのである。

新幹線の隣席という身体が触れ合うぎりぎりのとても近い場所に居合わせ、隣席の人の動きを感じながらも、何かきっかけがない限り「何かをともにしている」という感覚を、ないことにして時間を過ごす。しかし最初にあげた例のように、「富士山が見えた」という事件をきっかけに、会話を交わすことによって、相手が写真を撮ろうとすれば、邪魔にならないように身体を動かすという行動をとる。そこには「共在感覚」が働いている。

本書では「私は今この人とともに何かをしている」という感覚を、木村を踏襲して「共在感覚」と呼び、まずは言語によって共在感覚を意識化させようと意図する現代日本語の表現について考察してみよう。

## 四　挨拶語

挨拶は人にとって普遍なものといえる。動物にも、出会ったとき挨拶が存在し、また人間社会で挨拶がない国はないといわれている。挨拶は「社会的なつながり」をつくる大切な相互行為なのである。挨拶の仕方は、文化によって異なり、同じ文化内でも親密さの度合いによっても異なるため、当該文化の母語母文化話者にとっては、無意識に使っているものであるが、母語母文化話者以外のものにとっては、言葉は簡単に使えても、その背景にある慣習や風習を知らないで使うと大きな間違いをすることがある。挨拶語を日常的に使っている人間にとって、字義通りの意味を意識化することがほとんどないのは、挨拶語は、個人によって意味が紡がれた文ではないからである。挨拶語には、慣習として固定化された言葉が、伝承されたものゆえに、個人よりも言語を使う集団の社会的歴史的背景を担う文化が色濃く反映されると考えられる。

「こんにちは」という言葉は、日本において、家族に対して使うものではないし、毎日同じ空間で働いたり、過ごしたりする人にも使わない。恋人同士でも最初は会ったときに昼間であれば、「こんにちは」を使うかもしれないが、親しくなり一緒に過ごす時間が増えるほど、会ったときに「こんにちは」といわれると距離を感じ違和感が残る。

日本語学者の比嘉正範は「日本人の家庭で「おはよう」「こんにちは」「こんばんは」「さようなら」という基本的なあいさつの言葉がそれほど使われていないのとは対照的に、「行ってまいります」「行っていらっしゃい」「ただいま」「お帰りなさい」のような外出と帰宅のときのあいさつ言葉はひんぱんに使われている」と指摘する。(2)「行ってまいります」「行っていらっしゃい」「ただいま」「お帰りなさい」という言葉は生活空間をともにする人に使われる言葉で、日本人にとって「同じ空間にともにいる」ということを確認するのは、社会的つながりをつくるために重要なことと考えられる。大学の研究室においても、同室内のメンバー間では「ただいま」「おかえり」といった挨拶が使用されるが、異なる研究室に入るときには「失礼します」「お邪魔します」などを使われなければならない。

日本語のコミュニケーションから氏家洋子は、日本語社会について「ウチ・ソト区別の意識により集団の一員として自己を、また相手をみなす」と指摘する。(3)日本語の挨拶語の考察から、同じ空間でともにいるか否かということが、日本語社会のウチ・ソト区別に有意味であることがわかる。

普段使っている挨拶を振り返ってみると、意識していなかったことが浮かび上がってくるのである。

(1) 木村大治「ボンガンドにおける共在感覚」菅原和孝・野村雅一編『コミュニケーションとしての身体』大修館書店、一九九六年、三二九頁。
(2) 比嘉正範「あいさつとあいさつ言葉」『日本語学』vol.4、明治書院、一九八五年、一七頁。
(3) 氏家洋子「日本社会の出会い・別れのあいさつ行動――ソトの人との生産的コミュニケーションへ」『国文学』第四四巻六号、學燈社、一九九九年、七六頁。

# 津守愛香の焼きモノ

キラ子ちゃん

共在感覚について述べてきたが、ただ「何かをともにしている」だけでなく、「ともに生きている」と思う他者に不信感を抱くようになると、人の心には闇が宿る。猜疑《さいぎ》心から孤独になり、心の中にできてしまった小さなシミは不安感からどんどん大きくなり、焦燥感に駆られる。もちろん一点の曇りもない強い心を持つ人もいるであろう。でもどんな人にも闇が宿らない確証などない。一寸先は闇だ。問題はその後だ。心の闇とどう向き合うか。どう乗り越えるか。闇を乗り越えた後に見える青空は格別に違いない。

津守愛香がつくるフィギュアリンは人の闇を見透かすようにこちらの心を覗いてくる。

津守愛香の作品を初めて見たのは二〇一八年春、彼女が創った人形が放つ生命力の強さとメッセージに圧倒されたのを覚えている。「この子たちに、もしも命が宿ったら……」という私の問いに、迷わず彼女は「宿ってほしいと願っています」と答えた。

月日が流れ、彼女の創るフィギュアリンは一層複雑な感情を持つようになったようだ。闇を抱え、それに向き合い、なお生きようという生命力に溢れていた。一度も心に闇を抱えたことがない人か、闇を抱え、なお光に向かって歩める人か、どちらのアーティストが

三つ目のうさぎ

未来に作品を遺せるのだろう。少なくとも後者が重奏的であることは間違いない。重奏的である意義は、ポリフォニック（多声的）な声が絡みあえばあうほどに、音色は深みを増し、より多くの人の心の琴線に触れ、寄り添う可能性を孕むことができるからだ。

津守は信楽に窯を持ち、信楽や伊賀の土を使う。手捏ねでその土を締めながら立ち上げて人形の骨格を造り、余分な土を箆《へら》で削り取って成形していく。どんな複雑な形でも分割せずにまるで皮膚のように一枚の土で作り上げていく。信楽や伊賀は約四百万年前、湖の底であったため、古琵琶湖層群と呼ばれる地層が広がっている。かつて淡水に生息した貝類の化石を含むこの地層に花崗岩や流紋岩の風化物が流れ込み良質な陶土となった。津守の人形には太古からこの土に生きたものたちの命が集まり、新たな形を得て復活したかのように感じるときがある。

フィギュアリン「すわる子」（卯月扉）に出会い、津守愛香がまさにそこに座っているようで驚いた。何か悲しいことがあったのか、物思いにふけっている。その背中は幼子のようにふっくらと柔らかな肉付きで、お尻も丸みを帯びており、そっと後ろから抱きしめてあげたくなる。津守はフィギュアリンに肌色の化粧土を使い、人型

三つ目のくま

に限り顔や手の部分は磁器を砕いて粉にした白い粉を、赤ちゃんにパウダーをはたくように優しくつけていく。多くの場合、素焼きはしないで、フィギュアリンに花や草木などを顔料で描き一二三〇度で一発本焼きする。窯の中で火のエネルギーを得て命を授かるのだ。

ところがこの「すわる子」は、例えば「キラ子ちゃん」と比べて彩る花たちもどこか精気がない。彼女のフィギュアリンは概《おおむ》ね「三つ目のうさぎ」のように手に何かを抱えているのに、この娘は力なく手も下げている。今は何かを抱える気力さえないようだ。寂しげで自分の弱さを見つめている。きっと人間も元気がないときはこんなふうに頼りなさげになるのだろう。でもだからこそ、誰かが手を差し伸べたいと思うのだ。ただこの娘の強さは、自分の弱さを隠さずに、弱さとして表現していることだ。

さて、三つ目のうさぎが抱えているのは小さな女の子だ。小さな女の子の人形はうさぎのお腹に突っ伏しているので、その顔は見えない。三つ目を持つ動物、顔だけのフィギュアリン「三つ目のくま」は、「すわる子」のように悲しげではないが、その代わりに口を開けて牙を見せている。第三の眼は金と銀のバンドエイドで塞がれてどんな眼をしているのかわからない。「三つ目のうさぎ」も、

ミドリちゃん

「三つ目のくま」も、憤怒の表情ではなく、あっけにとられて驚いているようだ。が、牙は鋭い。こんなことが起こるとは思ってもみなかった。信じられない。突然闇に放り込まれ、怒りたいけど怒れない、だけど心には牙が生える。では第三の眼はどんな眼をしているのだろう。不幸を恨む眼なのか。はたまた奇跡を起こす超人的な力を秘めている眼なのか。それでも、とりあえず、今はその眼を隠し、この闇を何とか堪えて、必死に生きている。生きようとしている。

二十一世紀に入ってから、ますます人は加速化して生きていたような気がする。しかし、二〇二〇年四月緊急事態宣言下、余儀なく人は立ち止まり、自然は立ち止まることなく確実に時を刻んでいることを知った。人間は自然の時を追い越しすぎていたのではないだろうか。「ミドリちゃん」は私たちに問いかける。「ほら、季節は移り替わり、花はいつもより元気に咲き、空や湖の蒼さが透明感を増しているでしょう」。

その頃インドの都会の水辺でフラミンゴが群衆し踊ったというニュースを聞いた。ラプソディ（狂騒曲）が終わった後、人は自分の速度を知り、これからの道を歩くべきではないだろうか。

ウィルスが蔓延するなか、格差は広がり、精神的な病になる人も増えたという。心の闇が大きくなると心身ともに疲弊し、遂には病となる。病になると、善悪の判断も狂う。悪循環である。世の中に、ぞっとするような怖い事件が増えている。物事の進める速度を上げる前に、様々な理由で、心に蔓延ってしまった闇を、今一度立ち止まって、見つめてほしい。心の闇を乗り越えないと、走っていっても、本当の青空は見えないのだから。

津守愛香のフィギュアリンが、あなたの心の闇を見つめている。さて、あなたに何を囁くだろう。

# 皐月のお話　環境の共有

春みじかし何に不滅の命ぞと
ちからある乳を手にさぐらせぬ

与謝野晶子

nude

## 一　触覚

この歌は、与謝野晶子の『みだれ髪』のなかでも、よく知られたものだ。女という存在が表舞台に出ることは、稀であった明治時代にあって、若き女の命を謳歌することに何の躊躇いもなく、真直ぐに詠い挑発する、その潔い姿勢に、私は憧れる。

さて、この「手にさぐらせぬ」というフレーズは触覚を表わす。自分の体を触らせるという行為は、一般的に最も信頼する人のみに許す行為である。オンラインでのコミュニケーションがますます盛んとなっている。そこでのコミュニケーションは、視覚や聴覚が主なものであり、触覚を使うコミュニケーションは、今のところ、まだ難しいであろう。

フランスの哲学者メルロ＝ポンティ（一九〇八－一九六一）は遺稿『見えるものと見えないもの』で「存在するものとは、わたしたちがまなざしで手探りしなければ近づけないもの、まなざしが事物を包み込み、自らの〈肉〉で事物を身にまとうがために、「完全に裸にして」見ることなど、夢見ることもできないものである」と論じる。

コンピューターのスクリーンに映る像を手探りすることはできない。視覚と触覚は、デジタル世界において、同じ地平に存在しない。メルロ＝ポンティの時代とは異なる時空に私たちは直面している。デジタル世界は視覚と聴覚の世界、触覚は想像力でしか補われないのだ。

## 二　環境の共有

アメリカの知覚心理学者、J・J・ギブソンは生態学的心理学の立場から、動物の活動を動物とそれを取り囲んでいる環境との相互関係で捉え、知覚論を展開した。彼は次のように述べる。

To perceive the world is to coperceive oneself
（世界を知覚することは自分自身を同時に知覚すること）(1)

「世界を知覚することは自分自身を同時に知覚すること」というテーゼは、ある景色を見て「美しい」と言ったとき、その景色を美しいと感じ、同時に言葉に表わしている自分自身をも知覚しているということである。

このテーゼに出会ったとき、とても素敵だと思った。例えば、一人住まいの部屋で目が覚めたとき、私はこの世界に存在しているかどうか、わからない。しかし、窓から入ってくる朝日に思わず「まぶしい」と呟いたら、その自分の声が聞こえて、この世界に自分が存在していると自覚する。つまり、世界と出会うことで、人は自分がこの世界に存在していると知覚できるのだ。

人に出会うことが困難な時期であっても、人は自然に出会うことはできる。自分がこの世界に本当に存在しているのかが不安になったら、とりあえず、部屋から外にでて、新しい空気を吸ってみよう。太陽の光を感じることで、自分がこの世界に存在していると、人は知ることができる。
またギブソンは次のように観察者としての人は、他の知覚者が知覚するものをも、知覚できると述べている。

People are not only parts of the environment but also perceivers of the environment. Hence a given perceiver perceives other perceivers. And he also perceives what others perceive. In this way each observer is aware of a shared environment, one that is common to all observers, not just his environment.
（人は環境の一部であるだけでなく、環境の知覚者である。したがって観察者としての人は他の知覚者を知覚する。そしてまた他の知覚者が知覚するものを知覚する。このようにしてそれぞれの観察者は共有された環境、自分にとってだけの環境ではなく、すべての観察者に共有された環境を知覚するのである(2)）

ギブソンのこの指摘は、例えば、誰かと一緒に美しい景色を見ているときに、自分が見ているものを、他者も同じように見ていると感じることを意味する。美しいものを見て、「きれいだね」

「本当にきれいだね」と同感しあう場面を想像してほしい。前章で例にあげた新幹線の場面で、見知らぬ人同士であっても、富士山を新幹線の隣席で見て、相手も美しいと感じていると、感受できることも、その一例である。

## 三　共感

日本語の俳句は、五七五の十七音を定型とする短詩で、季語を入れることを原則としている。このような短い詩を読んでその風景を感じることができるのも、「他の知覚者が知覚するものを知覚する」といった前提に支えられてコミュニケーションが成り立っているからだと考えられる。

清瀧《きよたき》や浪《なみ》に散りこむ青松葉《あおまつば》

この俳句で松尾芭蕉（一六四四－一六九四）は滝と新緑の清らかな美しさを詠んでいる。三五〇年以上前の俳句であっても、日本に住んだことがあり、新緑の季節に滝を訪れたことがある人には、心が洗われるような清涼感を、この俳句から感じることができるであろう。環境と言語、文化を共有する人であれば、時代が異なっても、つまり時空が異なっても、想像の翼を広げて、その俳句の世界の時空を感じることができる。

現代でも会話の冒頭に季節の挨拶をくみかわすような人は、発話時の現在という時間、同じ空間にいて、環境への知覚を同じように感じていることを基盤に、聞き手の共在感覚を喚起して協調的なコミュニケーションを取ろうとしているのではないだろうか。

携帯電話で恋人同士が話している場合、たとえ実際的な距離が離れていても、満月を見上げて、「今日のお月さま、きれいだね」「本当にきれいだね」と話すことで心がつながっていると確認する場合もあるだろう。また日本では、寿司屋や鉄板料理屋などカウンター越しに料理人のパフォーマンスを見ることができるレストランが、欧米や中国よりもともと多い。こういった場では、話し手と聞き手が横に並んで、料理人の手際の良さや新鮮な材料などについて話すことができ、対面で話すより同じものを見ている分、共有する話材も豊富になり、話材に困らず円滑なコミュニケーションをしやすいからかもしれない。

こういった環境を題材として他者に働きかけようとする試みは言語表現のみならず、絵画でも意識されている。画家佐川晃司は「この世界、この時代に生きている限り、同じものを見て、同じ空気を吸い、同じことを考えている。素直に表現できれば、ほかの人にも感じてもらえる。共感や共鳴、信頼につながる」（京都新聞朝刊二〇一六年二月二〇日）と述べる。

五感を使って、誰かと環境を共有することにより、人は誰かとともにいることを実感する。しかし、自分以外の他に環境を共有できる人がいないときは、昔から伝わる和歌や俳句などの詩や、誰かが創ったモノに触れることによって、その世界に潜入し、同じものを見たり、聞いたり、触ったりすることができる。

目の前の現実世界に、共感できる他者がいなければ、とりあえず本やモノに出逢おう。その世界の時空は広く、空は青い。あなたと環境を共有し、共感できる人が見つかるかもしれない。そんな人やモノに出逢うために、学問する。孤独から抜け出す術の一つである。

（1）James Jerome Gibson, *The Ecological Approach to Visual Perception*, Houghton Mifflin, 1979, p.141（J・J・ギブソン『生態学的視覚論』古崎敬他訳、サイエンス社、一九八五年）
（2）James Jerome Gibson, "Note on Affordances," *Reasons for Realism: Selected Essays of James J. Gibson*, ed. by Edward Reed and Rebecca Jones, Lawrence Erlbaum Associates, Hillsdale, 1982, pp.401－418（「アフォーダンスに関する覚え書き」境敦史訳『ギブソン心理学論集　直接知覚論の論拠』勁草書房、二〇〇四年、三三七－三六九頁）

# 大江志織の焼きモノ

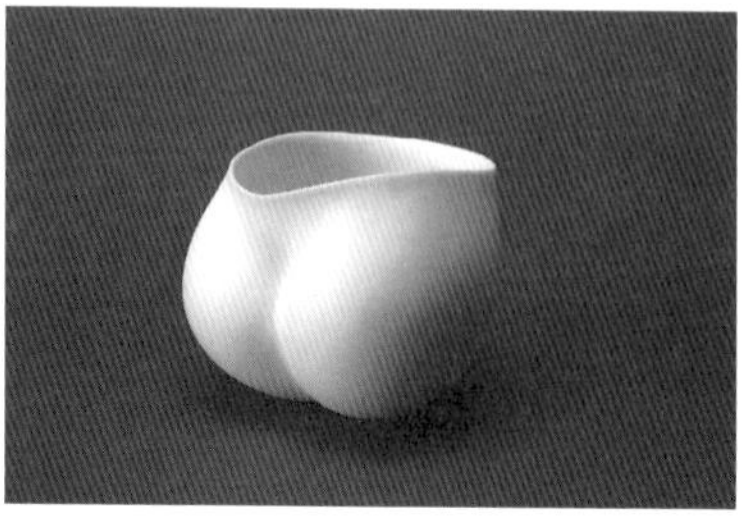
nude 茶碗

命を生む。命を守る。命を育む。大江志織の作品は、命が喜び、歌い、跳ね踊るような生命力に満ち、眩いような光を放っている。どの生命体も自然の変化のなかで最適な環境を探し適応し生きのびているならば、命の光が指す方向の景色は美しいはずだ。大江志織の焼きモノには、素直に命に健やかな美が宿っている。

大江志織の作品はネット上で見るだけでなく実際に手に抱き触ってほしい。白さや肉感を視覚で感じるだけでなく、肌理の細やかさを触覚で堪能してほしい。見た目より掌にもたれ掛かる重さが心地いい（「nude 茶碗」）。

大江志織は一九八五年京都に生まれ、京都で育った。その透き通るような肌の白さはまるで彼女の作品のようだ。二〇〇八年に、京都精華大学芸術学部造形学科陶芸分野を卒業し、第四六回朝日陶芸展で奨励賞を受賞した。大学院に進み、陶芸を職とすることに不安はなかったという。二〇一〇年同大学大学院芸術研究科博士前期課程を修了した。私が彼女に会ったのはこの頃だ。湯呑に絵付けをお願いした作品が私の手元にある。湯呑の内側にはお風呂に浸かった裸体の豊満な女性の背中が、外側には豊かな胸の膨らみをあらわに気持ちよく湯に身を任す姿が描かれている。「おふろ」シリーズに

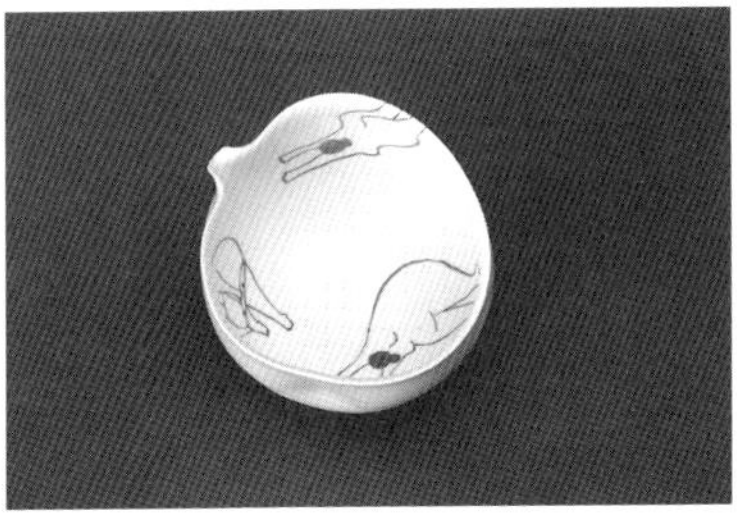
おふろ片口

つながっていく作品である（おふろ 片口）。
作陶の最初から造形も絵付けも彼女のテーマは一貫して裸であった。二〇一四年には伊丹クラフト展で入選、二〇一六年AMAKUSA陶磁器コンテスト準グランプリを受賞した。作品が成熟していくように彼女自身も成熟し結婚。居を日本海が見える自然が美しい京丹後の網野町へ移した。二〇一七年の展覧会を最後に出産という大きな仕事のためにしばし作陶ができなかった。子育ての時間、まったく作陶に取り掛かれなかった。余裕がなく焦る時間だけが流れていく。日本の女性が子育ての時間孤立してしまうことは、陶芸家であっても同じである。でも創りたい情熱が底から彼女を持ち上げてくれた。最初に、元気な「金太郎」が産まれた。そこからは、その金太郎を祝福するように、次々と健康的な動物たちも産まれていった。もともと彼女が作る動物たちはとても健やかで表情豊かであったが、子育ての時間に観察していた子どもの裸体の動きや、子どもと一緒に見た牧場でくつろぐ牛たち、何より豊かな自然がより一層に人間や動物たちの描写に磨きをかけた。京丹後の生きものが喜ぶ環境は作家としての彼女の感性も健やかに育てていた。生活の大きな変化は作品にも大きな変化を生んだ。

金太郎

鯉のぼり

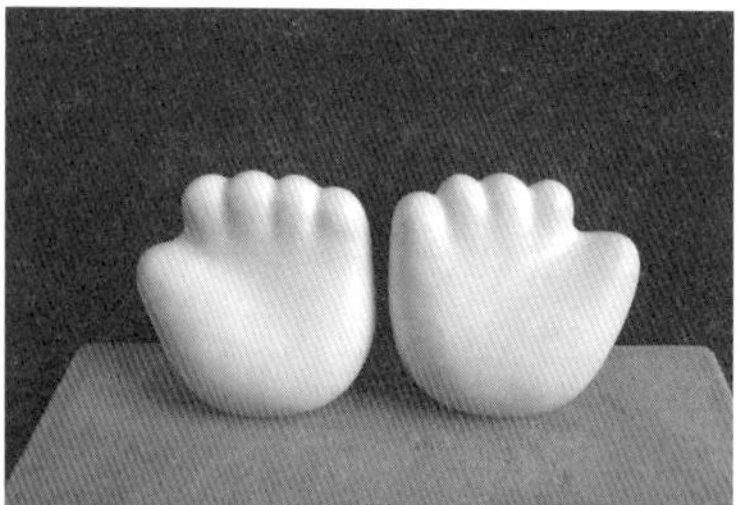

赤ちゃんの手のひら

まず一つは真っ白だった磁肌に様々な色が重ねられるようになった。金太郎の頬はほんのりとピンクに染まっている。鯉のぼりに乗った金太郎（「鯉のぼり」）も髪が緑の風になびき、胸当ては誇らかに黄金色に輝く。以前にも干支の猿の顔や鶏冠にのみ朱が使われたことはあったが、最近は色使いが豊かになってきた。

二つ目は対峙する作品の可逆性が強くなったことだ。例えば、「赤ちゃんの手のひら」。右の手は左の手を握れる。左の手も右の手

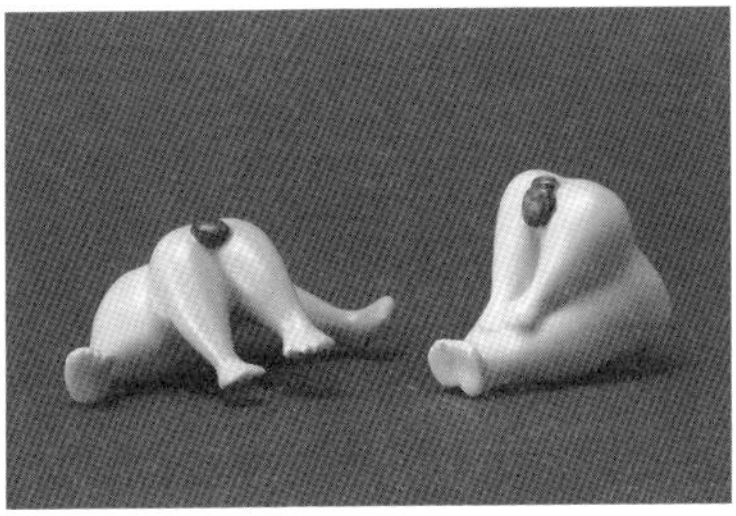

体操

を握り返すことができる。そして思わず見ている方もその手を握りたくなる。「体操」も一方はもう一方に力を加えることができ、その反対も可能であり、その双方のはち切れそうな肉は力関係が拮抗していることを表わす。しかし密着した関係はやがては一体化に向かう。器に寄り添うように集まった動物たちが知らぬ間に一体化している（「Zodiac Animal Bowl」）。様々な種類の動物が争うことなく、気持ちよさそうに身を寄せ合っている。深い信頼のもとにある身体の関係性は、その境界を曖昧にしていく。その様子が非常によく表現されている。

三つ目は今まで大江は瀬戸ニューボンという白い磁器となる土を手捻りで造形し無釉で焼きしめるという手法でやってきた。釉薬を使わなかった理由は、裸体や乳房、臀部という造形が多かったためあまり艶めくことが嫌だったという。ところが最近は透明の釉薬をかけるものもでてきた。それは今まで、豊満な裸体を如実に造形してきたが、抽象化してきたことも理由にあるように思われる。

本章の扉の写真の「nude」は、裸体の抽象化が進み、その上に横たわると弾力が心地よく身体を柔らかく包み込んで支えてくれる揺りかごのような様を漂わす。今まで幾度となく描かれてきた豊

Zadiac Animal Bowl

満な裸体が豊穣な大地へと進化していくように思われた。「なんだかおっぱいやお尻の直接的な表現が子どもっぽく思えるようになって」と彼女が語った。大江志織が自身の作品を批判し始めた。新たな地平が開ける兆しだ。

人もまた生き物ゆえ、時間の流れとともにゆっくりと、しかしながら確実に時を刻み変化していく。

# 水無月のお話　日本語の挨拶

唐衣《からころも》きつつなれにしつましあれば
はるばるきぬる旅をしぞ思ふ

在原業平

伊賀丸壺

この歌は在原業平（八二五－八八〇）が旅の途中で詠んだもので、三河の八橋で美しく咲いているカキツバタを見て、都にいる妻を想い、唐衣を纏う妻とむつみ合ったことが恋しくなり、詠っている。人は愛する人がいても、そこから離れ、なぜ旅をしてしまうのだろう。「唐衣　きつつなれにし　つましあれば　はるばるきぬる　旅をしぞ思ふ」の五七五七七の各句の頭の文字を詠むと「カキツバタ」と読める。折句という技法であるが、日本語の特徴を活かした技法といえよう。

さて、この章の後半で紹介する焼きモノは、この本で唯一、日本生まれ、日本育ちではない人を紹介する。そこで一度、日本語と日本文化の当たり前を、外の視点から見てみよう。

例えば、日本語の「こんにちは」に相当する他の言語を比べてみると、言葉が直接表わす意味としての興味深い違いに気づく。

①こんにちは
②Bonjour
③你好

日本語の「こんにちは」は文字通り「今日は」という意味で会話の場所である「今ここ」の環

境を説明する冒頭の言葉である。まさに「こんにちは」は、同じ空間にいることを、ことさらに伝えるという意味を、もともと持っているということになる。

フランス語の「こんにちは」にあたる②の意味は「良い一日を」と、神に聞き手の幸せを願うという原義を持ち、聞き手に言葉の意味としても直接働きかけるものである。中国語においては③のように「你」は「あなた」という意味、「好」は「良い状態」という意味を表わしており、挨拶《あいさつ》言葉内に「聞き手」の状態を聞く言葉が入っていて、より直接的に聞き手に働きかける言葉である。また③は家族間や親しい人には使わず、その代わりに「你吃了嗎（ご飯食べた？）」や「你去哪裡（どこ行くの？）」が使われる。おおむね中国語は、会話の最初から日本語やフランス語より聞き手の情報が求められ、挨拶においても一個人としての情報交換がなされているといえるだろう。

日本語においては、④から⑦のような家族内や寮、研究室や職場のように同じ室内で過ごす人にも使うことができる挨拶も、④はまさに「ただ今」ということ、⑤は「帰り」ということ、⑥は「休み」ということ、⑦は「早い」ということを表わしており、「お」という待遇表現が入っているが、基本的に発話時の話し手の目の前の状況を言明することが挨拶となっているのが日本語の特徴である。つまり、見れば大体わかることを、ことさらにいうもので、情報としてはほとんど意味がないものである。

④ただいま
⑤おかえり
⑥おやすみ
⑦おはよう

食事の前にいう言葉である⑧も、今から頂くという意味であり、慣習化している言語だ。

⑧いただきます
⑨Bon appétit

「いただきます」に相当する挨拶は中国語にもない。ヨーロッパ言語のフランス語やイタリア語、スペイン語には、これから食事をしようとする人に対して声掛けする挨拶はある。例えばフランス語の場合は⑨のように〝Bon appétit !〟というが、これは食事を前にした人に「美味しい食事を」と祝福の意味をこめて発するものであり、一人で食事をする場合にも発する「いただきます」とはまったく発話意図が異なる。「いただきます」は「もらう」の謙譲語で、「もらう」は複雑な意味構造の動詞である。何かをくれた相手を主語にするのではなく、自分または自分の視点がある主体を主語にして、何らかの利益が主語の方へと動いたことを表現する。この表現もまた他の言語にはあまりないもので「もらう」を一つの言葉に相当させて翻訳するのは難しい。謙譲語「いただく」は、自分または自分の側にあると思っている方を下方に位置づけ、恩恵をくれた相手に敬意を表わす。食事の前にいう「いただきます」の場合だと、食事を作ってくれた人、または奢ってくれる人に、敬意を表わす場合も多いが、自分で作って、一人で食べる前にいう人もいるだろう。このような場合の「いただきます」は誰に対して何に対して、自分を下方にして敬意を表しているのであろう。これは個人の習慣の問題ではあるが、食べるものに対して「いただきます」といっている場合もあるだろう。この場合は食べるものに敬意を表わしてはいるが、結局食べられるものは「いただきます」と宣言した人間の口から取り込まれ、その身体の中で消化される。「いただきます」という言葉の意味を意識しているか、していないかにかかわらず、宣言した人間が字義通りの意味で行動していることは間違いない。

このように、日本語はこれから自分がする行為を宣言する言葉が、そのまま挨拶になることがあるといえる。例えば「行ってきます」も、これからする行為を宣言する言葉が挨拶となっている。日本語の挨拶語は、聞き手に直接働きかけ相手の情報を得るというよりも、話し手の「今ここ」の状況をことさらに言明することが多く、あまり新情報としては意味がなく、もっぱら同じ空間にいる人ということを認識し「社会的つながり」を確認しているといえる。日本語を使ってコミュニケーションするとき、聞き手に対して、出会った最初から直接的には聞き手個人の情報を求めないで、⑩のように、気候についての描写や感想から話を始めることが多く、それだけ話して別れることもよくある。

⑩こんにちは、寒いですね。
　こんにちは、ほんとに寒いですね。

それは欧米語のように会話の冒頭で、「お元気ですか」と話しかけるより、日本では一般的にされているコミュニケーションであろう。挨拶という非常に基本的なコミュニケーションにおいて、日本語は、英語やフランス語、また中国語と異なり、話し手と聞き手がお互いの情報を交換し合うことから会話を始めるのではなく、「今ここにともに挨拶していること」「環境に対して同じような感覚を持っていること」を基盤にして、協調的なコミュニケーションをとろうとしていることがわかる。つまり、協調的な方向性を持つコミュニケーションを話し手と聞き手が互いに望む場合は、日本語の会話の冒頭である挨拶において話し手は「今ここ」を描写し、聞き手もまた同じ対象を見て環境を共有しているということを、コミュニケーションの基礎にしているのだ。

最近、京都祇園の上品な焼肉屋の個室で親しい人が数人集まった会食があった。この焼肉を食べる前に、男性がとても丁寧に手を合わせて「いただきます」といった。その「いただきます」はとても気持ちが良いもので、あたりの空気が一瞬浄化された気がしたくらいだった。焼肉屋の個室なので、そこに焼肉を焼いてくれるシェフがいるわけではない。そしてその集まりはいつも割り勘なので、奢ってくれる人に彼がいっているわけではない。気になって、彼に「いただきます」というとき、何を考えているのか聞いてみた。彼は「強いていえば、この場を齎《もたら》してくれている全てでしょうか」と静かに応えてくれた。「いただきます」の意味の広がりの可能性を考えてみれば、「いただきます」と唱えるとき、無意識ではなく、その意味を再考し個人的に意味を紡ぐことで、自分の身体を意識し、食べないと生きていけない身体を持つ自分という存在が、動植物すべてを含む命のつながりのなかで、なんとか生きているということを自覚し、自分の身体を世界に開く時間となり得るかもしれない。このように、日本語の挨拶語を観察するだけでも、自然への想いが見えてくる。大切にしたい日本文化の一つである。

# デレック・ラーセンの焼きモノ

デレック・ラーセン（Derek Larsen）は、アメリカという地に自分が知りたい焼きモノがなかったから旅にでて、日本にやってきた人だ。皐月の章（二五頁）で、今いる時空に環境を共有できる人がいなければ、本やモノに出逢おうと述べたが、旅に出ることも一つの方法である。デレックは、まさに自分が知りたい世界の人に出逢うために、旅をしてきた人だ。

一九七五年カンザスに生まれ、二〇〇〇年にカンザス大学でデザイン学位を取得し、オーストラリアでダニエルラファティのアシスタントをし、穴窯をつくった。二〇〇三年、オーストラリアサザンクロス大学の穴窯修士号取得、二〇〇四年カンザスに戻り、ジョンソンカントリー短期大学陶磁器専門助教授になる。二〇〇五年、米国陶器教育機関（NCECA）Biennale Prize（陶磁器芸術賞）受賞、二〇〇六年には中央ミズーリ大学芸術専門助教授になった。

しかし、日本の焼きモノへの想いは強く、大学での職を捨てて、二〇〇八年に来日。小学校で英語の先生をした後に、日本各地をめぐり、奥三河に穴窯を作った。デレックは日本で茶道を習い、また日本料理に出逢うことで、アメリカとは異なり、四季を愛で、食に合わせて、食器を選ぶという文化に驚嘆する。アメリカでは食に合

信楽盃

わせて、食器を選ぶ日常はなかったからだ。ますます、日本の焼きモノへの興味は増していった。二〇一〇年に滋賀県立陶芸の森アーティスト・イン・レジデンスとして日本に滞在。二〇一一年には愛知県柿平に穴窯を作った。二〇一二年第五回現代茶陶展入選（土岐市）。現在は京都・洛北の山中に工房と穴窯を構えて作陶をしている。

「穴窯」とは、古代・中世の窯体構造の一種である。デレックはこの穴窯で焼かれた日本の焼きモノに心惹かれのだ。穴窯であることは重要で、デレックにとっては、焼きモノをつくることと、穴窯をつくることは同じ重みをもつ。アメリカでつくった最初の「穴窯」から、今の穴窯は五つ目となった。

デレックは私が主宰している工芸研究所の片腕であり、lovekogei.com の私が書いた記事の英語の編集もしてくれている。大切な友人である。デレックは日本に来てから日本語だけではなく、いろいろな試練を乗り越えてきた。生まれて初めて一人で過ごしたお正月は日本の家が寒すぎて大変だったと笑うが、話せないほど大変なこともたくさんあっただろう。異国で仕事をすることは過酷である。しかし、それ以上に大学で出逢った中世の穴窯で焼かれた古

信楽須恵形酒注

信楽の魅力は強いものだったのだ。今は次章で紹介する植葉香澄さんという美しい陶芸家と結婚し、可愛い息子さんも生まれ、日々作品を創り、パパとして精一杯生きている。

自ら作った穴窯での窯焚きは、三日三晩不眠不休で続く。以前、京都に大きな打撃を与えた台風の最中も、雨合羽を着て外に出ていき、ずっと穴窯に異変が起きないかと夜通し、穴窯の傍から離れなかったという。山奥に住んでいるのも、穴窯で焼きモノを創るためだ。火を絶やさないため、穴窯に薪をくべる作業が三日三晩続く、辛い労働であろう。デレックが使う土、薪、窯、すべて自然の材料だ。そしてそれをすべてデレックの手によって融合する。窯焚きでは、薪をくべるタイミング、穴窯のどこにどんな作品を入れるか、火の回り具合、温度、自然釉の流れ方、すべてを計算しつくす。だけど最後は火に委ねる以外はない。人知を尽くして天命を待ち、土の温かみと、大地の力を感じる作品が生まれる。

さて、デレックを魅了した古信楽は、琵琶湖の南に位置する信楽で創られたものだ。信楽は、約四百万年前は湖の底であったため良質な陶土があり、聖武天皇が瓦や須恵器を焼かせた。これが信楽焼のはじまりだという。十六世紀後半には侘び茶を好む茶人の見立て

信楽酒注

により、日常の生活雑器として使われていた信楽焼の器を茶道具に使うようになった。例えば、デレックが愛する古信楽の名品「うずくまる」は、種入れだった壺を「見立て」により、花入れとしたものだ。陶土の鉄分が朱に発色した「火色」、灰が灰褐色に発色した「灰かぶり」、灰が陶土の長石と溶けてガラス質の釉薬となって流れだすことによって生まれる「ビードロ釉」、そのビードロ釉が丸く固まった「蜻蛉の目」など火が生む景色が美しい。

「信楽盃」はデレックがつくった信楽の盃である。私もデレックの盃を持っているが、殊に色が美しい。また「信楽須恵形酒注」は、なんとも形が愛らしく、思わず微笑んでしまう。デレックが豪快に笑っている感じが、そのまま作品に映っている。焼きモノは人を映すとはよくいったものだ。「信楽酒注」は少し形が異なり、色も深く渋いものとなっている。焼き具合によって、色は異なるが、いずれの酒注であれ、好みの自然釉の景色を見ながら飲むお酒は美味しい。

最近、デレックが取り組んでいるのが、信楽の隣りに位置する伊賀焼である。本章の扉の写真となっている「伊賀丸壺」は芸術性も感じられる圧巻の作品である。

伊賀三日月皿

海外でも忍者の里として知られる伊賀は、信楽と山一つ隔てた地にあり、古琵琶湖層の良質な陶土を使って伊賀焼が作られる。十七世紀初頭には茶人の古田織部《ふるたおりべ》が、伊賀焼で水指や花入れを好んで作らせた。この時代の伊賀焼は古伊賀と呼ばれるが、窯で焼かれるときに赤松などの薪の灰が被ったところが緑色となったビードロ釉や、大きな歪みやへこみを意識的に作り、大胆で豪快である。前掲のデレックの伊賀丸壺も同様の特徴がある。

「伊賀三日月皿」は、息子さんが生まれてからの作品であるが、物語性が醸し出て来ている。溢れる愛が作品を詩的にしたのだ。

デレックのビードロ釉の色は、異国から日本へ旅をしてきた人でなければだせない、とても開放的で深呼吸ができる空と海を映す澄んだブルーである。彼が旅した意味は確実にあった。世界にデレックだけの自然釉の色を創出したのだから。

文月のお話　詠嘆

向日葵《ひまわり》は金の油を身にあびて
ゆらりと高し日のちひささよ

前田夕暮

迦楼羅（ガルーダ）

前田夕暮（一八八三－一九五一）のこの歌を詠むと、夏の強い陽射しを浴びた向日葵を見上げ、生命力の強さに圧倒されて眩く想った、ある夏の日を想い出す。歌の作者と私は同じ風景を見たわけではないのに、作者が詠った光景を見たように想うのは、なぜだろう。

和歌や短歌、俳句でも、よく「詠嘆」という言葉が使われる。作者が抱いた何らかの感動を言葉にしたものであろうが、この言葉の内実が知りたいと思った。なぜなら、日本語以外の言葉で説明するのが困難な言葉だからだ。

日本では飲み会などで上司や先輩、先生などに奢ってもらった場合は、次に会ったときに、「昨日はありがとうございました」や「先日はありがとうございました」などの挨拶《あいさつ》をいわなければならない。日本語が流暢な留学生でも、この挨拶をいわなかったことで気まずい関係になった経験があるとよく聞く。欧米語や中国語ではこのような挨拶はむしろ「また奢ってほしい」という含意がでるために、使われない。使用・不使用と現われる事例は真逆だが、発話時の現在や、過去における共在感覚を意識するということは日本語のみならず、他の言語文化においても見られる現象であろう。

さて、「詠嘆」もまた、過去における共在感覚を意識したものである。この意味を、まず身近に考えるために、今でもよく使う助詞「も」の「詠嘆」の用法から探ってみよう。

まず現代日本語の助詞「も」には大きく分けて三つの用法がある。

①太郎も来た。
②猿も木から落ちる
③春もたけなわですね。

①は「太郎が来た」という情報以外に、太郎と同類と想定される人が来たことを述べる同類性を表わす用法である。②は「猿」のように木から落ちにくいものも、木から落ちることがあるという意外性を表わす用法である。この二つの用法は他の言語にも対応する言語表現が容易に見つかる。例えば英語では、同類性を表わす用法の場合は、"also" "too"が担い、意外性を表わす用法の場合は"even"が担う。しかし、③のような「も」の用法は他の言語に対応するものがない場合が多い。

③と同様の用法である④⑤のような話し手の「今ここ」の季節についての表現は、日本に来たばかりで日本の季節について知らないであろう人には使わない。このタイプの文は、話し手の伝えたい「今ここ」の環境、言明している季節に達したことを理解できる人にしか使えないという特徴を持つ。

④秋も深まってきましたね。
⑤夏も終わりか。
⑥おまえも、馬鹿だな。
⑦太郎も大きくなったなぁ。

また⑦の表現もまた、太郎という子どもに初めて会った人には使えない。言明されている存在が、時間の流れのなかで変化してきたことを、同じ空間のなかで確認してきた聞き手にしか使えないのである。⑥のような発話の「今ここ」で属性を付与するタイプのものも、初対面の相手には使えない。⑥が他の例と違う点は、話し手が聞き手に対して、必ずしも協調的コミュニケーションを目指していないことである。いずれにせよ、ここにあげた例は、話し手はこの発話以前から聞き手とのつきあいがあり、過去を共有しているという点である。そして、この発話の場で、対象に言明している属性を見出している。つまり、この発話以前はその属性は発現されていなかったという含みをもつ。しかし、「猿も木から落ちる」のような意外性の用法と異なるのは、聞き手と過去を共有している前提が必要な点である。また⑥以外の場合は、時間の経過とともにいずれは発現する状況や属性である。⑥の場合のみが、時間の経過で現われる属性ではなく、この世界で誰もが持ち得るありふれた属性だが、お前にも同様の属性があるのかという発見から、微かな驚きを表現した発話である。しかし④⑤⑦のような状況や属性が時間の経過とともに変化したタイプは、話し手は聞き手との協調的コミュニケーションを志向している。これらのタイプの対象の変化は、社会的文化的歴史的環境を共有する聞き手であれば、話し手と同じ期待・予測を持っていると前提でき、話し手は発話時に「今ここ」にそのイメージが現われたことを、驚きだけではない感情、それは安堵や感激、またあきらめに似た諦観のような感情かもしれない。しかしある種の感動をもって表現している。このような表現が詠嘆と呼ばれるものの内実であろう。つまり、詠嘆という表現は、話し手が、時間が経過すると現われると期待・予測したあるイメージが現実化したときに感動とともに発せられているといえる。このとき、話し手と聞き手は「今ここ」の時空間への知覚を共有することが可能で、話し手は聞き手とともに期待・予測したイメージが「今ここ」に現われたことを、ともにわかちあいたい、ともに再確認したい気持ちで表現している。本章の冒頭の短歌から、私が作者と同じ光景を見ていたように思い、心が動かされたのも、この歌の詠嘆性からであろう。風景や季節などの場合は実際に一緒に知覚したものでなくても同様の風景や季節を知覚したことがあるという可能性のもとに、発話の効果として共在感覚を呼び起こし、連帯感を持つことができる。日本の定型詩の「詠嘆」もまたこのような構造で感動を呼び起こしている。

日本に来て間もない人に対して、日本語が流暢であっても「春もたけなわになりましたねぇ」

と話しかけないのは、発話時の「今ここ」が「たけなわ」という状況であることがわからないと判断するからであり、この発話をするということは、聞き手も「たけなわ」の時期を知っており、「今ここ」に「たけなわ」が表われたと同感してくれると判断して発話しているということである。このような場合は聞き手の記憶の中にある風景を呼び起こし、その風景がここに現れていると、聞き手も感動するにちがいないと判断して使用している。

さて宴会で今も使われるフレーズ「宴もたけなわとなってまいりましたが……」といった発話もこの宴席にいる人たちが同じ空間で同じ時間を過ごしてきたという共在感覚を呼び起こし、連帯感を強化する効果を狙うことができる発話だといえよう。話し手と聞き手は、同じ空間に存在し、現前の状況を、今確認しあえ、かつ今が「たけなわ」だと認識できる聞き手、つまり宴のはじめから今までともにいた聞き手に向けて発話されている。

「も」の場合も、詠嘆を表現するときは、話し手が聞き手に対して、今という時をともにしているという「共在感覚」を喚起させているだけでなく、記憶を想い起させ、時間軸のなかで今と過去をつなぎ、聞き手との「共在感覚」をさらに強化しようと意図している場合だといえる。

話し手は「今ここ」の出来事について描写し、発話しているので、聞き手にとっても情報としては、ほとんど価値のないものではある。話し手は、目の前の出来事について情感をもって表現することによって、聞き手も同感し、時間をともにしてきたことを想い起こしてくれる。つまり、話し手は、連帯感がある協調的な関係性を維持、強化したいと願って、発話しているのである。

認知心理学者のNeisserは「記憶のもっとも根源的で本質的な機能とは、個人的に経験した過去の再現ではなく、家族や友人と社会的関係性を創造し、それを維持することにある」[1]と述べている。まさに、詠嘆を表わす「も」を使用する話し手は、聞き手と共有する記憶を呼び起こし、社会的関係性を創造しよう、維持しようと試みていると考えられる。

（1） U. Neisser, "Time present and time past," *Practical Aspects of Memory: Current Research and Issues*, Vol.1, ed. by M.M. Gruneberg, P.E. Morris, and R.N. Sykes, John Wiley and Sons, Chicheste, 1988, pp.545－560.

# 植葉香澄の焼きモノ

植葉香澄の焼きモノには「詠嘆」を感じる。生命への眩いばかりの賛歌、架空の生き物であっても、その動きや表情から、「あ、これだ」という感動が呼び起こされ、画家の岸田劉生(1)の言葉が、私のなかで立ち上がってくる。

事象の美とは結局「人生」又は「現実」、「人間の生存」等の事に何等かの交渉がない時には起こり得ない感情である。即ち如実、迫真という事は、即ち「あ、これだ」、「この通りだ」という、日常見るもの聞くものが再現され、再び見せられた時の喜びであって、その感情の中には、自己とその再現せられた対象との生存上の共在感、交渉的経験感があるから、其処に、愛、ユーモラス、不思議等の感じが湧くのである。

「事象の美」と「詠嘆」のつながりは、現前、つまり「今ここ」にある詩やモノが、自分の脳裏にあるものと一致して、再現されることへのある種の感動であろう。

描きたい一瞬をとらえるために、創り手は、その時空に留まり、息を凝らして集中し、創り上げる。そのとき、創り手という生命体がある現実世界では時間は流れている。時間の止まった世界で作品を創る人はその時間の間、異なる時空にいる。できあがった作品に、創り手が描きたかった一瞬が宿れば、それを鑑賞する人は、「今ここ」という現実世界から離れて、創り手が描き出した世界に向かうことができる。つまり、鑑賞者もまた「今ここ」の現実世界から離れて、思索の旅をすることができるのだ。

前章で紹介したデレック・ラーセンのパートナーである植葉香澄は「事象の美」の作品が創れる人だ。彼女の作品からは、愛、ユーモラス、不思議等の感情が湧き上がる。どうして、そんな作品が創れるのかと思い、彼女と話しみて、納得した。彼女自身がいつも「今ここ」ではない場所を目指していた。常に躍動する世界へと向かう強いエネルギーが、作品に投影され、「事象の美」を持つモノができあがる。

植葉香澄は、一九七八年京都生まれ、京友禅の絵師を祖父に持つ。小さい頃から、絵を描くのが好きで、他の人とは違う変なモノを創った。二〇〇一年京都市立芸術大学美術学部陶磁器専攻卒業、陶芸の技を磨くために、二〇〇二年京都市工業試験場陶磁器コースを修了し、さらに二〇〇三年京都府陶工高等技術専門校も卒

色絵金彩香焚壺〝キメラエボリューション〟

業した。植葉は二〇〇四年には既に若手のなかで頭角を現し、京都高島屋美術工芸サロンで初個展を開いている。二〇〇八年にはパラミタ陶芸大賞展入選、二〇〇九年東京国立近代美術館工芸館における「現代工芸への視点――装の力」に出品。二〇一〇年には奈良美智氏、中田英寿氏とコラボレーション制作を行ない注目される存在となる（滋賀県立陶芸の森／茨城県陶芸美術館）。二〇一一年には京都府文化賞奨励賞受賞、二〇一二年京都市芸術新人賞と次々大きな賞をもらっている。押しも押されもせぬ若手陶芸家となった。こういうと順調な滑り出しのようだが、話を聞くとその裏には大変な努力があったようだ。例えば、東京のある有名ギャラリーに作品を置いてもらいたく、何度も何度も京都から東京に通い、そのたびにダメ出しされ、消沈して泣きそうになりながら新幹線に乗るという日々もあった。しかし絶望したりせず、京都の工房で気持ちを切り替えて、作品を練り直し、また東京に行く。彼女が創る作品は大きな陶のモノなので若い女の子には重い、大きなスーツケースに作品を入れて、引きずって大都会を歩き回ったそうだ。私は、彼女とは十五年くらいのつきあいだが、今回の取材で聞き出すまで、愚痴や苦労話は聞いたことがなかった。素敵だ。

植葉香澄は祖父が有名な友禅作家であったため、幼い頃から息を吸うように、京風の華やかな花鳥風月のデザインを吸収してきた。彼女の文様から、京焼の色絵の系譜を感じるが、興味深いのは、「今ここ」の京都という場所に安住せずに、「今ここ」から遠く離れようとするエネルギーを感じさせることだ。彼女は美しいだけではなく、強靭な身体の持主で、彼女自身の足で南アメリカをバックパックで何十日も旅し、現地の食べ物を何でも食べて異国を丸ごと咀嚼し栄養を吸収し、作品に異文化の香りやエキゾチックさを注ぎ込む。作品は大胆かつ繊細、代表作の一連は、キメラという名だ。キメラはギリシャ神話でライオンの頭、山羊の体、蛇尾をもつ怪物。作品「色絵金彩香焚壺」は〝キメラエボリューション〟シリーズの作品だ。造形力は感嘆に値する。特に表情、記憶のどこかで見た見た愛くるしい動物の表情を想い出す。華麗な友禅染の振袖を纏った奇想天外な生き物がここに立ち現われた。

扉の写真色絵金プラチナ彩「迦楼羅（ガルーダ）」は、最新の作品、ちょうど小さな子どもくらいの大きさの焼きモノである。ガルーダとは、インドネシアの国章にも描かれるヴィシュヌ神を載せて戦う鳥の王、不死の身で、宿敵を食らうため、無病息災の神とさ

色絵彫麦酒杯「猿の洗濯」

れている。ウィルスも食らってほしいと願う私たちの力強い助っ人だ。このガルーダの表情も愛嬌があって、今にも話しかけてくれそうだ。この卓越した造形力には、もう脱帽するしかない。所狭しと、ガルーダにびっしりと描かれた文様もまた物語を成している。様々な生き物の生き様が所狭しと描かれているのだ。植葉に聞くと、描いていているうちに夢中になって、どんどん描いてしまうそうだ。それは現実世界から離れて、植葉の詩的世界にある物語が陶のモノに映し出されていく様だ。「今ここ」から離れて、異なる時空で息もつかずに必死で描いている植葉の姿が目に浮かぶ。手を動かしているうちに、形ができていく、手に導かれて物語が見えてくる。彼女の詩的世界には、現実世界で彼女に入った刺激が心に入ってイメージになり、それが身体を通して、陶のモノとなってでてくるのだ。

「猿の洗濯」という名のマグ。デレックとの間に生まれた新しい命である息子に物語を話すと、作品も生まれる。「ほら、猿が洗濯をしてるでしょ。」「じゃ、後ろに洗濯物も干しましょう。」手が物語を紡ぎだす。世界が色づいていく。

(1) 『岸田劉生全集第四巻』岩波書店、一九七九年、一二九頁。

葉月のお話　アフォーダンス

天の海に雲の波立ち月の船
星の林に漕ぎ隠る見ゆ

柿本人麻呂歌集

季実（ときのみ）

七月七日の七夕は、京都はまだ梅雨の最中で、願いを書いた短冊を笹に飾っても、月も星も見えず、朝起きたら短冊が雨に濡れていて、がっかりした幼い日を想い出す。しかし旧暦は月の満ち欠けが基になっているので、七夕は今の暦の八月にあり、梅雨も明け、夜は上弦の半月が見られる。和歌では、この半月は「月の御船《みふね》」と呼ばれることがある。本章の冒頭の歌は柿本人麻呂歌集にあって、成立年代は未詳、よみ人も確かではないが、私はこの歌を初めて読んだときから強く心惹かれた。夜空は海、星の林を月の船に乗り、旅することを夢見た。本章の扉の写真の作品も、星が空から舞い降りてくるようで、思わず私は、その中を覗き込んだ。

冒頭の詩も写真の作品も、私に働きかけてくる。詩は夜空の見方を変え、作品は私に覗き見るという行為を促した。これは詩やモノが私にアフォードしたということである。

本書二一頁で紹介したギブソンは、アフォーダンスという用語を使い、環境や対象と人間との関係について次のように述べる。

環境のアフォーダンスとは、環境が動物に提供する（offers）もの、良いものであれ悪いものであれ、用意したり備えたりする（provide or furnish）ものである。アフォードする（afford）という動詞は、辞書にあるがアフォーダンスという名詞はない。この言葉は私の造語である。アフォーダンスという言葉で私は、既存の用語では表現し得ない仕方で、環境

と動物の両者に関連するものを言い表したいのである。この言葉は動物と環境の相補性を包含している。(1)

アフォーダンスの概念は、誘発性、誘引性、要求の概念から導き出されてはいるが、それらとは決定的な違いがある。ある対象のアフォーダンスは、観察者の要求が変化しても変化しない。観察者は自分の要求によってある対象のアフォーダンスを知覚したり、それに注意を向けたりするかもしれないし、しないかもしれないが、アフォーダンスそのものは不変であり、知覚されるべきものとして常にそこに存在する。(2)

ギブソンの主張は、職人や作家が作ろうとする対象、例えば木を素材として、人形を作るのか、器を作るのかによって、つまり人間が作ろうとしている最終目的のモノにより、木が人間に与えるアフォードが異なるということを意味する。河野は、アフォーダンスについて、わかりやすく説明する。

アフォーダンスは動物個体との関係で定まる特性であって、かならずしも動物の種に共通していません。水たまりは幼児にとっては溺れることをアフォードしますが、大人にとっては

そうではありません。ピーナッツは、ある人にとってはアレルギーをアフォードしますが、他の人にはそうではありません。(3)

生態心理学では知覚に必要であることは対象や事象との関連性であるとされる。環境にある対象や事象は情報であり、知覚者はそれを読み取ることで情報を生成する。例えば、缶詰を叩くことにより不良品を探す作業で、熟練者は缶詰の中身が不良かどうか缶詰を開けずに知ることができる。缶を叩いて音を聞くことで、熟練者は情報を受け取り、缶詰を選別できるが、新前はその音を聞いても不良品かどうかわからない。この例は缶を叩いて音を聞き、不良品かどうかを見分けるという仕事が、熟練度によって、人への缶のアフォーダンスが異なることを示している。つまり新前と熟練者では、缶を叩いた音からの情報の意味が異なる。アフォーダンスは知覚者にとっての意味であり、事物と知覚者との関係として存在する。言い換えれば、アフォーダンスの知覚には自己の知覚が伴うのである。

私が作家や職人から話を聞くと、多くの人が、素材からのメッセージを受け取っていると話す。時にはそれは「土の聲を聞いている」や、「人形がこうしてほしいと言っている」といった詩的な言葉で表わされることも多かった。この現象については他の現象も分析したのち、最終章で考えることとしよう。

日本には四季があるので、温度や湿度は一年中少しずつ変化し続けるため、素材の状態も日々変化している。水無月の章で紹介したデレックは穴窯を自らつくって、焼きモノをしている。デレックは土、火、水、木の灰の状態を研究して、そのときの環境に合わせ、窯のなかの火の状況を鑑みて、薪を入れるタイミングを図る。焼きモノに、どのような色を出したいか、どのような窯変をつくりたいかを狙って、焼成前のモノを窯の最適な場所に置き、焼いている間も始終、火の具合を調整する。マニュアルでは書ききれない、その場の環境の情報を読み取り、アクションを重ねていく。

作り手は環境のなかで身体を調整して、創る日々を送っている。年月が流れるなか、毎日仕事を続けるので、作り手の身体もモノづくりに適応し変化していく。職人や作家は、仕事を何年も何十年も続けることで、手のみならず身体が変形していることもよくある。作り手は変わり続ける環境のなか、呼吸し、食事をとるという日々の生の営みを行ないながら、同じ素材に向き合っていく、作り手の身体も適応し変化し続けていく。やがて素材からの情報が栄養のように身体に沁みていく。時間が流れるとともに、作り手の身体や脳においても、どのような気候のときに、つまりどのような温度や湿度の環境において、当該の素材をどのように取り扱えば良いのかが瞬時にわかってくるようになる。素材もまた自然物なので個々が異なり、同じものが一つとないうえに、温度や湿度でも毎日状態が異なる、しかしながら何年もの年月のなかで、似たような素材に何度も作り手はめぐり合うので、素材に対する大まかなカテゴリーが脳の中で形成されていく。

目の前にある素材をその日の環境の中でどのように取り扱えば良いのかという判断に要する時間も短くなり、自然に身体が反応するようになる。最終的には素材を見て、瞬時にどのように取り扱えば良いのかが見えるようになる。つまり長い年月のなか、作り手の身体と脳が変化し、瞬時に素材からの情報を取り込み、その対処方法がわかる状態になるのだ。環境や素材と作り手とのアフォーダンスも変化していく。

陶芸家として有名な河井寛次郎（一八八〇－一九六六）は土以外の素材でも作品を創ったが、「手考足思」という詩において、目の前にある自然物の声に耳を傾け、そのなかに、自分が創るべきものを見出し、作品を創っていく過程を、表現している。

私は木の中にいる石の中にいる　鉄や真鍮の中にもいる
人の中にもいる
一度も見た事のない私が沢山いる
始終こんな私は出してくれとせがむ
私はそれを掘り出したい　出してやりたい
（中略）
私はどんなものの中にもいる

立ち止まってその声をきく
こんなものの中にもいたのか
あんなものの中にもいたのか

目の前にあるモノと、自分とその周りにある環境、そしてそのときの自分自身の身体によって、アフォーダンスは異なる。自分の身体を含む内面の知識や知恵が豊かになるにしたがって、目の前のモノや、周りの環境の見え方は異なってくるのだ。

（1）J・J・ギブソン『生態学的視覚論』古崎敬他訳、サイエンス社、一九八五年、一三七頁。
（2）同前、一五一頁。
（3）河野哲也『エコロジカル・セルフ』ナカニシヤ出版、二〇一一年、三七－三八頁。

# 高柳むつみの焼きモノ

高柳むつみが創りだすものは、いつも異界へと私を連れ去る。彼女の作品が私に働きかけるアフォーダンスは強く豊かだ。初めて彼女の焼きモノを見たのは二〇一三年であった。作品「あかずの壺、くり返す世界、しかしイコールではない」の前で、彼女の天賦の才に震撼した。私は「それは、若い巫女だけに許された、神が宿る特別な時間ではないかと不安になるほどに」と評した。しかし、そんな老婆心など無用であったと、十年が経った二〇二三年の展覧会で思い知らされた。

彼女は母となり、新たな力を手にした。高柳むつみは、新しい命をこの世に誕生させ、まだ数か月しか経っていないにもかかわらず、展覧会に並ぶ数々のモノたちを創造したのだ。高柳むつみの潜在能力はいかほどであろうか。彼女に宿る類まれなる磁土を操る力が、否が応でも彼女を突き動かし、内にあるものを押し出すのであろう。

高柳むつみは一九八五年生まれ、富山県で育った。二〇〇八年に京都市立芸術大学を卒業し、フィンランドのヘルシンキ芸術大学に留学。二〇一〇年に京都市立芸術大学大学院陶磁器専攻科を修了し、帰郷してからは、八尾に作業所を設け作陶した。八尾は「おわら風の盆」の里、夜の闇に哀切な「越中おわら節」が流れ、無言の踊り

揺蕩舞

手が、編み笠で顔を隠し静かに舞う盆踊りを、高柳は毎年見ていたという。盆踊りは「本来この世に帰ってくる精霊を迎え、また送り出す風習の中で発した神送りの行事の一種である」[1]とされており、二〇一三年の高柳の展覧会で、私がなぜか生と死を切に感じた理由も、そこに隠されていたのかもしれない。

高柳は、結婚を機に二〇一五年からは京都で作陶している。二〇〇八年に京都市立芸術大学作品展市長賞、二〇一〇年に同大学作品展同窓会賞を受賞していることからも、彼女の才は学生時代から他者に見出されていたと言えるだろう。その後も定期的に展覧会を重ねて、彼女の作品に魅了されるファンを着実に増やしている。高柳の作品を手に取ればわかるが、彼女のオリジナリティ溢れる造形に細密な絵付けが施されている。一つの作品にかかる熱量が、自ずから伝わってくる。

さて、扉の写真の「季実（ときのみ）」は、まさに十月十日《とつきとおか》を表わしているという。高柳がこっそり教えてくれた。本体は八つの部分に分かれている。割れやすく扱いにくい磁器に、繊細な切り絵が施されたようなパーツは轆轤《ろくろ》成形され、最終的には倒れないように組み立てられて、焼成される。すべてのパーツは焼成される過程で

空器

釉着し、一つとなる。繊細な切れ目が施された先端まで、ひび割れずに焼き上がるのは至難の業、奇跡のようなものだ。窯を開け、完璧な作品に出逢ったときの喜びは、この上ないものであろう。〝季実〟の屋根のように張り出した部分の先端に、紐が通るように小さな穴が空けられていて、焼成された後、穴に編み紐を通し、十個の円盤が下げられている。その円盤の一つ一つに、時のなかで、少しずつ成長していく胎児が見えるようだ。

「揺蕩舞《ようとうまい》」は子宮である。複雑な構造の女体、生命を育むゆりかごが、繊細に芸術的に造形されている。こちらは九つのパーツで作られ、窯のなかで揺れながら舞って、奇跡的に現われたかたちだ。どちらの作品も大きなものであるが、細部に至るまで、白磁に極細密な染付や上絵が丹念に描かれており、白盛《もり》で描かれた文様は陰影で静かに浮き上がる。どこを見ても破綻がないのが高柳の作品の特徴である。

本展のこの二つの大きな作品は、私に「覗き込む」という行為をアフォードした。風の盆の踊り手の編み笠をのぞき込んで、顔を見てみたいと思うような衝動である。この二つの作品が今までと異なるのは、生命力に満ち、エロース（美とコスモスへの欲求）がより

宵月

強く増している点である。

「空器」（茶碗）の文様は、星の誕生の物語が絵巻のように描かれていた。新しい星は、死んで逝く星たちが最期の爆発で放出した、炭素や窒素、酸素などを含んだ星間雲が、引力で収縮することによって生まれるという。[2] 星は死んで星間雲にかえり、また次の世代の星を生み出しているのだ。私はこの空器にそんな物語を読み取った。人間もまた星々から生まれた宇宙の子どもであり、様々な奇跡が重なり、ここに命が誕生する。

「宵月」（掛花・置物）も造形が独特で、植物の命の源である球根のような宝珠が、後ろに回ると見られる。もともと高柳の瑠璃釉の青は美しいが、本展での青はより深みが増し、私はゴッホの星月夜を想い出した。新月の夜の紺碧に星々が輝いていた。

高柳は、「以前の展覧会で評判が高かった「旋層盃」という盃を、請われるままいくつか作ってきたが、いくつか作るうちに進化してしまった」と笑った。「旋球盃」はその進化した形である。高柳には職人のように同じものを作り続けるのは難しいようである。誰しも得手不得手があり、作品には人となりが映る。

この展覧会には、一人の才能ある陶芸家が命を授かり、身の内に

旋層盃

旋球盃

吾子を育み、我の身体のなかで、もう一つの命が蠢《うごめ》く、その生命体の不思議さに驚き、この世に一つの命を誕生させた心の記録が詩的に表現されていた。高柳むつみのやきものによるオートフィクション（自伝的なフィクション）だ。

戦争や疫病の死者数、未来を危惧する出生数の報道に、鈍感になるなかれ、数ではない、一という数字に必ず物語が宿っている。

（1）仲井幸二郎・西角井正大・三隅治雄編『民俗芸能辞典』東京堂出版、一九八一年、四一二－四一三頁。

（2）国立科学博物館ウェブサイト参照。

長月のお話　自然の聲

秋来ぬと目にはさやかに見えねども
風のおとにぞおどろかれぬる

藤原敏行

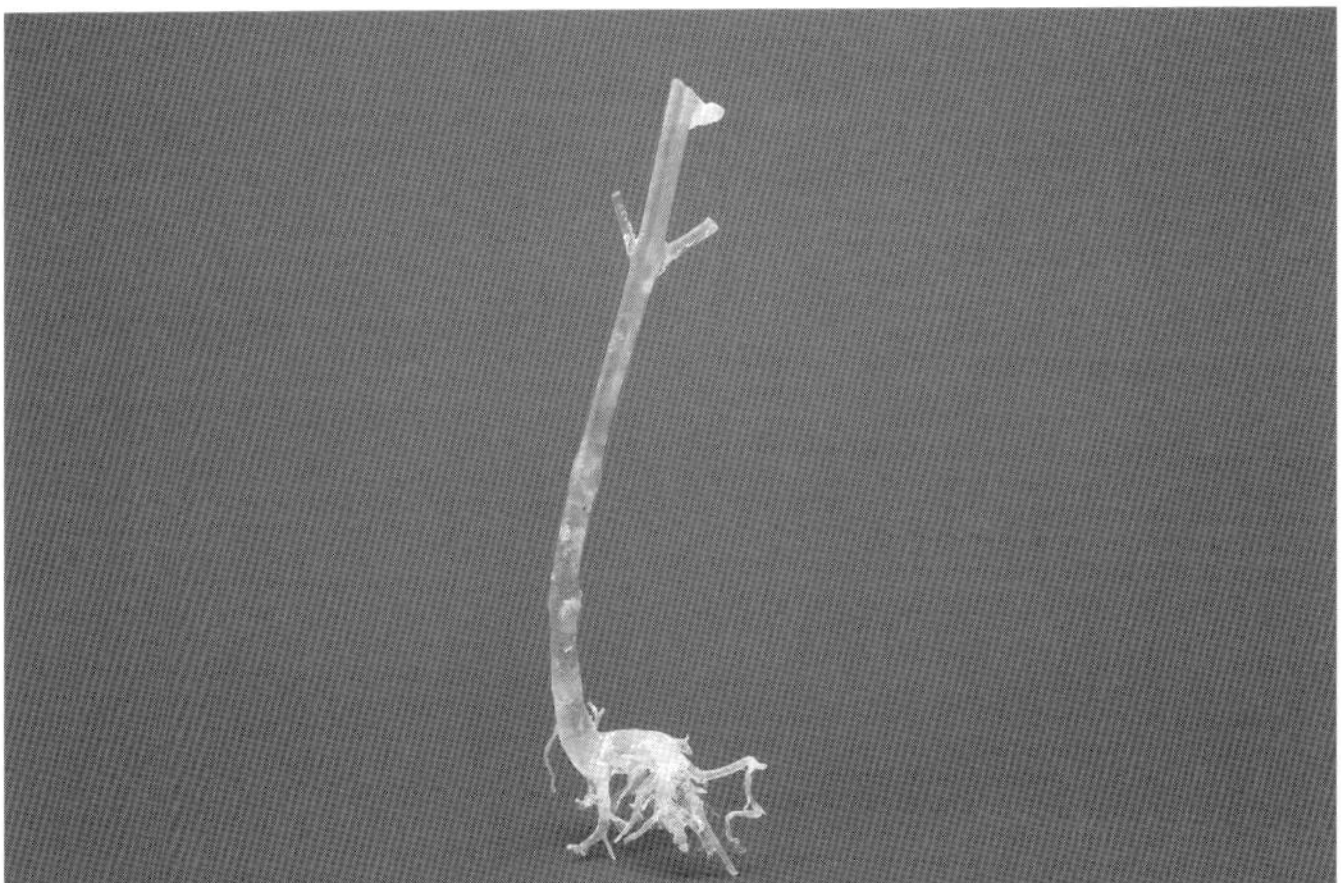

ただそこにあるもの　珪化根毛

今の暦では、長月に入ってもまだ残暑が厳しいが、旧暦だと、秋の気配を風から感じられるのだろう。藤原敏行（未詳－九〇一頃）が目に見えない季節の移り変わりを風から感じて詠っている。耳を澄まして、自然の聲《こえ》を聞くとたくさんの情報が得られる。

映画『あん』は、伝統的に和菓子で使われる「あん」を題材としたドリアン助川の小説を、河瀬直美が監督した作品で、海外での数々の映画祭で受賞し評価もされた。この映画では「あん」の作り手が素材である小豆からのメッセージをどのように受け取っているのかが、丁寧に描かれている。主演は樹木希林《ききききりん》で徳江という名の老女だ。彼女は中学生のときにハンセン病を患い、隔離された世界で家族と離れ、国語教師になるという将来の夢も奪われた悲しい過去があった。彼女を支えてきたのは自然からのメッセージを受け取り解読するという心の作業であった。そして彼女はハンセン病患者だけが住む園のなかで、五十年に及び「あん」を作ってきた。彼女は「あん」の素材である小豆の聲に耳を澄ます。小豆が彼女のところへやってくるまで、どのような畑で暮らしていたか、どのような風を受けてきたかという聲を聴くのだ。そして、どらやき屋の店長でありながら「あん」を市販品で済ませる店長に「あんは気持ちよ。おにいさん」と伝え、徳江が五十年をかけて達した最高の「あん」作りを教える。それが、次の場面である。

徳江　よし、また蒸らすのよ少し

店長　いろいろややこしいですね。
徳江　まぁ、おもてなしだから
店長　お客さんにですか。
徳江　いや、豆よ。せっかく来てくれたんだから、畑から

と「あん」の材料である小豆に「おもてなし」という言葉を使って敬意を表わし、じっと見つめて、まるで小豆と親密なコミュニケーションをとっているように煮る。蜜づけの場面でも小豆を人のように扱う会話がある。

徳江　いきなり煮たら、失礼でしょ。まずは蜜になじんでもらわないとね。お見合いみたいなものよ。後は若いお二人でどうぞ。

このように、徳江はあたかも小豆とコミュニケーションしているようだが、それが店長にはわからない。そこで、店長が徳江に聞く。

店長　しかし何が見えるんですか。

徳江　え?

店長　いや、そんなに顔を近づけて、小豆の何を見ているんですか。

この店長の問いに対して、徳江は答えられない、それは長い時間をかけて徳江だけが知り得た小豆の状態なので、「あん」を自分で作っていない店長と共有する感覚をもたらすような言葉が見つからない。そして徳江自身も誰かから教えてもらったわけではない状態なので、それを伝える言葉を知らないのだ。

徳江はハンセン病を患ってから人間とのコミュニケーションに失望し、自然へと心が向かったのかもしれない。映画のなかで徳江は店長への遺言の手紙で「ねぇ、店長さん、私たちはこの世を、見るために、聞くために、生まれてきた。だとしたら、何かになれなくても、私たちは、私たちは生きる意味があるのよ」と語る。この映画が海外から高い評価を得たのは、この映画で描かれた自然からのメッセージを、受け取り生きるという人がいる日本に対する興味もあったのであろう。しかしながら、自然からのメッセージを受け取り生きるという術は、何も日本に限ったことではない。例えば西洋においても十九世紀半ばの思想家であるラルフ・ウォルドー・エマソン（Ralph Waldo Emerson）（一八〇三－一八八二）によって推進され、アメリカのニューイングランドを中心に栄えた「超絶主義（transcendentalism）」という思想がある。それを自ら実践し、言葉で表現したヘンリー・デイヴィッド・ソロー（Henry David Thoreau）（一八一七－一八六二）は、その著『森の生活』で雨だれとのコミュニケーションで孤独を克服したことを述べている。超絶主義〝transcendentalism〟の〝transcend〟という言葉は「乗り越える」という語源を持ち、人間がこの世で経験する艱難辛苦《かんなんしんく》を超越して、自己の内なる何か絶対的な価値を、自身の直観によって摑み取ろうとするものである。ソローは〝transcendentalism〟を自身の生き方として実行し、コンコルドに近い森のウォールデン湖畔の森の中に自ら小屋を建て、自給自足の生活を営んだ。その日々の生活を記したものが『森の生活』である。(1) その中でソローが孤独感を超越した場面がある。ソローがたった一人で人里離れた森で暮らし始めてから二、三週間たったころ「おちついた健康な生活を営むには、やはり身近なところに人間がいなくてはならないのではないか、という疑いの念に、一時間ばかりとりつかれた」ときがあったという。ソローは雨がしとしと降りつづける風景のなかにいた。「突然私は「自然」が――雨だれの音や、家のまわりのすべての音や光景が――とてもやさしい、情け深い交際仲間であることに気づき、たちまち筆舌につくしがたい無限の懐かしさがこみあげてきて、大気のように私を包み、人間が近くにいればなにかと好都合ではないかといった先ほどの考えはすっかり無意味となってしまい、それ以来、二度と私をわずらわせることはなかったのである」と記している。

極限の孤独を知った者が自らを救う術として自然からのメッセージを受け取り生きるという経

験は、世界のどこでも起こりうることだと考えても良いのではないだろうか。自然からのメッセージを受け取り生きるということは、自然の循環のなかに自らを位置づけ、時空のなかで自然の循環に逆らわずに順応して生きるということなのかもしれない。

ネル・ノディングズは、受容的ということについて次のように述べる。(2)

わたしたちが、あたかも取りつかれたかのように主体的に関与するとき――関係の中に巻き込まれるとき――受容的な喜びが生じる。わたしたちは、操作的な活動を中止し、心安らかになっているであろう。つまり、耳を傾けているのである。特別な成果や解答を生みだそうとしているというよりはむしろ、理解し、見てとろうとしているのである。説明は、統制的で、工夫を凝らし、構成的である一方で、理解は――喜びと同じように――おもいがけずに、もたらされる。

この言葉は「あん」の徳江の言葉「私たちはこの世を、見るために、聞くために、生まれてきた」と共振する。競争の激しい社会のなかで、能動的であることが高く評価される時代ではあるが、能動的すぎることで、自然からの大切なメッセージが受け取れていない場合がある。自分の身体の聲を聞いて、身体や心が疲労していないか、確かめてみよう。あなたの身体もまた、あなたがコントロールできない自然の一部である。

発達しすぎた科学技術に対して自然がどのようなメッセージを出しているのかを、耳を澄まして聴く必要がある時代となった。荒廃する地球を目の前にして、人間もまた地球上に住む生き物として自然の循環に身を置いて、自然の聲を聞いてみることが必要だ。

（1） H・D・ソロー『森の生活（上）』岩波文庫、一九九五年、二三七頁。
（2） ネル・ノディングズ『ケアリング』立山善康ほか訳、晃洋書房、一九九七年、二二四頁。

# 長谷川直人の焼きモノ

「ただそこにあるもの」として、花のように、石のように静かに生きることができたら、苦しみや悲しみや孤独から解放されるのだろうか。自然物である花や石の聲に耳を傾けて、交感できるようになったら、孤独と無縁になれるのだろうか。

長谷川直人は「道端に転がっている石が、何か自分にとって大切なものになるとき、何が起こっているのかを考えている」と語った。無生物であるものが、人にとって何かとても愛しいものになるとき、人の心にどのような動きがあるのかという問いがまず私にもあった。

鈴木大拙は一九五〇年代、八十歳を越えてからニューヨークのコロンビア大学を中心に禅仏教の紹介に情熱を傾けた。物質的な欲望が満たされても精神的充足感が得られなければ洋の東西を問わず、幸福感は得られない。当時のアメリカは繁栄を極めていたにもかかわらず、近代西欧合理主義に違和感を覚えていた若者は大拙が説く禅に強い興味を覚え、ゼン・ブーム現象が巻き起こっていく。そして今また人工知能という人類の友か敵かわからぬものに対面し、アメリカでは瞑想、マインドフルネスがブームになっているという。

一九五八年三月十日ウェルズリー大学の講演で、鈴木大拙がアメリカ人に禅を説くために引き合いに出したのは、「自然の聲」で前

ただそこにあるもの

述した思想家ソローの『森の生活』である。鈴木大拙は聴衆が身近に感じられるように、日本人の例ではなく、コンコルド近くの森に自身で家を建てて一人住んでいたソローについて話したのであろう。鈴木は、地球上に住むすべての人々にとって、自然の聲を聞くことは大切であると語った。

私たちは便利な生活のなかで、人間もまた自然の一部であることを日々の生活のなかで忘れがちだ。頭と身体がバラバラで、世間でうまく立ち回るために頭を働かせて答えをだして、身体を動かす。しかしながら、心と身体は自然の一部であり、頭がコントロールできるものではない。

長谷川直人が二十年以上創り続けている作品「ただそこにあるもの」の魅力は、人が心と身体のバランスを崩したとき、自然と同じようにそっと心に寄り添って穏やかな気持ちをもたらし、枯山水の庭を見ているような心地になるところだ。長谷川は自然そのままの形の美しさに魅せられ、畏敬の念を持ち、人の作為を超えた何かを摑み取ろうというひた向きな情熱を作品に込める。

「ただそこにあるもの」は、高さ九センチ、径一三・五センチほどの両手にすっぽり入る程度の大きさ、苔生した色が表層にわずかに見られ地球のどこかに転がっていた石のようであるが、深い思索のもとに人為的に意図され創られたものである。窯の中で火によって熔けて交じり合い人為を超えた自然の力を得て、目の前の形となったものだ。

長谷川はこの一連の作品を、焼いても焼き締らない土を使って手捻りで作品の底の造形と成す型をつくり、その中に石炭、練炭の灰、長石、二酸化マンガン、硝子などを量や割合を変え、熔け方を推測し、最終的にどのような地層を持った形になるのかを計算して入れていく。一二四〇度で焼成し、焼き上がったら、慎重に型を取り、作品は産み出される。地球のかけらのように、この世に二つとない様々な形、様々な色、様々な地層を持った唯一のもの。そのどれが愛しいものになるのかは、求める人の心と身体に委ねられる。どれが心に叶うのか。どれが癒しをもたらすのか。それは自然物の無数の石の中で、どうしてだか気に入ってしまった石を見つけて、家に持って帰り、大切に愛でる過程と似ている。人の手によってつくられたものであっても、心を満たすかけがえのないものに出会えたら、ソローのように無限のなつかしさに包まれて、人は孤独から解放されるかもしれない。

長谷川は十年ほど前から大地で起こる化石の生成プロセスに興味を持ち、生物であったものが封入されて痕跡を残し無生物となって遺る

ただそこにあるもの　珪化茄子

という自然の摂理をなぞってみたいという欲求に駆られるようになった。次に紹介する一連の作品は、この興味から産みだされたものだ。「ただそこにあるもの　珪化茄子」は、焼いても焼き締まらない土に茄子を埋めて、漏斗形のものにカレットを溜め、上部の鋳込み口にセットする。これを電気窯に入れて一二三〇度で焼成する。茄子が燃えて消えていくと、その分カレットが熔けて流れ込み、原形であった茄子は窯の中でガラスに置換される。燃えた茄子は下方に溜り、茄子がガラスと溶け合い、かつて茄子であった跡を遺していた。まさに自然物とガラスが長谷川の作為で合作される。

扉の写真「ただそこにあるもの　珪化根毛」は、キャスティングされたものだが、土ではなく鋳造用の耐火石膏に埋められる。とても繊細な根っこの先端までが再現されている作品である。茄子同様の過程で根っこ付きの木片もまたガラスに置換されるが、根っこは繊細であるので、最終段階で二週間ほど塩酸につけて根毛まで再現されるように丁寧にゆっくりと少しずつ石膏を除去していく。細かな部分まで再現された根はそこはかとなく桃色で生命体であった記憶を遺し、妖しげに色づく。

私は少し怖くなって「どのような生命体までキャスティングされ

たいのですか」と長谷川に尋ねた。「いやぁ、獣はちょっとね」と否定された。美しい人間をガラスでキャスティングすることを想像したら、あまりの美至上主義の恐ろしさに慄いた。

長谷川からお話を聞く間、何人もの京都市立芸術大学の教え子の学生が親しげに訪ねてきた。そのたびに氏は笑顔で声をかけて「ありがとうな」と話される。善と美を秤にかけて、人間として歯止めをかけられる人の作品だからこそ、自然の美を人工物に置換していくという、追求すると危険な領域にまで及びそうな手法であっても、展覧会場は森の中にいるような清々しさが流れているのだ。

自然の形に勝つことなどできないが、自然のものはどんなに美しくてもやがて朽ち果て消えていく。だからこそ、その一瞬の生の輝きを永遠に作品に込めたいという願いが痛いほどに伝わってきた。作為なきものと感じるか、作為の極限と感じるかは、鑑賞者によるだろう。

医療も科学技術も高度化に歯止めが効かなくなり、神の領域に及ぼうとしている。どんなに美の欲望に駆られても「獣はちょっとね」と長谷川は、自分を抑制していた。すべてがコントロールできないからこそ、自然は私たちに安らぎをもたらすのだ。

小春のお話　工藝という文化

木のまよりもりくる月の影見れば
心づくしの秋は来にけり

古今集　よみ人しらず

覆黒銀雨彩急須

この歌は、誰がいつ詠んだかはわからないが、古今集のなかに選ばれ、今に伝わる。源氏物語にも「心づくしの秋」という表現が使われているので、平安の昔から多くの人に愛唱されてきたものとはいえよう。

現代の私たちは「心づくしの贈り物」という言葉から、真心が込められたものと捉え、良い意味の解釈をする。しかし、この和歌の時代の「心づくし」の意味は、秋の野山の景色は美しく移り変わっていくので、あれこれ考えてしまい、気がもめるという意味であったという。つまり良い意味ではない。私が思うに、「心を尽くす」方はいろいろ考え悩むが、一方「心を尽くされた」方は有難い気持ちになるのではなかろうか。時代を経て、捉える意味は変化しているが、今も「心づくし」は含蓄を感じる言葉である。

日本における工藝品も「心づくし」の伝統がある。日本の工藝品は、明治維新までは「用のもの」と呼ばれ、近代西洋の人間中心的な自然の捉え方と異なり、人間が自然と共生し「ものづくり」を行なってきた歴史を持つ。

日本語の工藝という言葉は、他の言語では適切な翻訳語を見出すことが難しい。古からあるモノなので大量生産・大量消費とは異なった原理で生みだされている。人間の手で一つ一つ丁寧に心を込めて創られ大切に使われて、壊れたら修理され長い間、人に寄り添って存在してきた。そして人から人へと世代を超えて使われ、時には人間よりも遥かに長く、この世に存在し続けることができる。

こういった工藝品をつくる技もまた何代にもわたって、人から人へと受け継がれてきた。日本の伝統的な工藝品の作り手は、今なお、自然の聲を聞き、人と自然の関係を大切にして、地球を壊すことなくモノを作っている。

東北の山間部、厳しい冬の季節には深い積雪により陸の孤島となってしまう福島県昭和村で、代々人から人へと伝えられてきた言葉がある。「からむしだけは絶やすなよ」「からむしのなりたいように」という言葉である。からむしとは、イラクサ科の多年草で、ユネスコ無形文化遺産の越後上布・小千谷縮の原材料でもある。過酷な環境のなかで、大変な苦労をして家内工業で生産されてきた「からむし」は、この村の人々にとって、まさに命綱であり「からむし」と共に生きてきた、また生きていこうという姿勢がこの言い伝えられた言葉からうかがえる。

日本のユネスコ無形文化遺産には、この小千谷縮・越後上布をはじめ、手漉和紙、結城紬《ゆうきつむぎ》などの伝統的な手仕事が含まれる。ユネスコの無形文化遺産の条約は、グローバリゼーションの進展や社会の変容などに伴い、衰退や消滅などの脅威がもたらされるとの認識から、保護を目的として二〇〇三年のユネスコ総会において採択されたものだ。この条約の策定段階から積極的に関わってきた日本は二〇〇四年に条約を締結した。無形文化遺産には、口承による伝統及び表現、自然及び万物に関する知識及び慣習が含まれ、本章でお話しする工藝の技も無形文化遺産の一つである。

フランスの民族学者クロード・レヴィ＝ストロースが、一九七七年から一九八八年にかけ日本を五回訪問し、日本の職人を訪ねて、フィールドワークしていたことは、それほど知られていない事実である。彼は、日本の職人のものづくりと自然との関係に深く興味を持ち、それを愛し「日本の人々が過去の伝統と現代の革新の間の得がたい均衡をいつまでも保ち続けるよう願わずにはいられません。それは日本人自身のためだけに、ではありません。人類のすべてが、学ぶに値する一例をそこに見出すからです」と述べた(1)。

レヴィ＝ストロースが西洋社会と比較して驚き指摘したように、日本には古から自然の聲《こえ》を聞き均衡を保ちながら、ものづくりを行なってきた文化があった。しかしながら、現在は3Dプリンターや人工知能が発達し、人間が未来の「ものづくり」にどのように関わることができるかについての不安感が増している。前章までに、自然とのコミュニケーションを深めていくと、アフォーダンスも変化し、自然から得られる情報が増えることを見てきた。作り手は、自然とのコミュニケーションを重ねて、「あん」の徳江のように、最善のものを他者に届けたいと「心を尽くして」創っていた。この章では、人類の宝物とされるモノの修復や復元する現場を見ていこう。生きる時代が異なっているため、作った人から聞くことはできない場合、人は遺されたモノから、どのようにして情報を得るのであろうか。

例えば、日本の刺繍の歴史は、仏画を刺繍で表現した掛け物である飛鳥時代の繍仏にまで遡ることができる。平安時代には繍技の職人を抱える縫部司が都である京に置かれ、着物にも刺繍が用いられることになった。伝統的な技巧が現代も三十種ほどあり、金銀糸に加えて、二千以上ある色糸の種類で繊細な表現が可能であり、このような伝統的な技が使われる京都の刺繍は京縫と呼ばれている。

京縫の作家である三代目樹田紅陽は、一九九〇年の祇園祭保昌山胴掛類復元刺繍の仕事で、過去の刺繍を分析調査するなか「当時の職人の性格や刺繍をしたときの感情まで伝わってきた」と語った。樹田によると中国の仏教美術の影響を受けて始まった日本刺繍は、長い時間日本において人から人へと技が継承されるなかで、中国とは異なる「間」を持つ刺繍となり、「やわらかでのんびりした」モノとなったという。刺繍では一針一針刺すたびに作り手の生きる時間が流れる、それゆえに刺した人の心の機微も表われ、それぞれの国の文化の違いや作り手の性格も刺繍表現にでてくるのだ。刺繍表現を観察することによって、過去の人の刺繍表現の技のレベルまで熟練した現在の作り手であれば、刺繍の刺し方から、過去の作り手がどのような「間」でどのように刺したかが理解でき、復元の仕事が可能となる。そして過去の作り手の性格や刺したときの感情までも理解できるようになるのだ。

心理学者の佐伯胖[2]は次のように述べる。

人が世界（人、物、できごと）を理解するのは、自分の「分身（コビト）」を対象世界の中に派遣することによるというわけです。

この「私」が世界を理解するということは、「私」がいくつもの分身（コビト）に分かれて、世の中のありとあらゆる世界（モノ、ヒト、コト）に潜入し、その、分身としての「わたし」（コビト）が対象世界の制約の中でかぎりなく「活動」し、「体験」するのである。そのような、あらゆるコビトの多様な「体験」が「私」自身にもどってきて統合されたとき、「私」は世界を納得するというわけです。

修復や復元の仕事において、伝統的な技が身体に刻み込まれた熟練の作り手には、自分が熟知した対象であるゆえに、対象となるものを観察し、探索して、技をなぞるなかで、過去の作り手がどのような過程を経て、どのような技を使ったのかを理解する。時にはどのような性質を持った作り手がどのような感情で作ったのかまで分析することができるのだ。こういった現象は、自然ではないがモノからの情報を受け取っているといえる。この現象も、自然からの情報を作り手が受け取っている場合と同様に、アフォーダンスにより説明できる。作品からのアフォーダンスを受け取り、再現できる人は、遺されたモノの作り手と同等の技に達している人だけである。同じ時代に共存していなくても、遺したモノからアフォーダンスを知覚し、修復や復元を行なうことができる。

（1）レヴィ＝ストロース『悲しき熱帯Ⅰ』川田順造訳、中公クラシックス、二〇〇一年、九頁。

（2）佐伯胖『共感――育ち合う保育のなかで』ミネルヴァ書房、二〇〇七年、一七－一八頁。

# 中村譲司の焼きモノ

中村譲司の器を見ていると、静かで平和な生活を楽しみたくなる。人との温もりのなか、旬の食材を丁寧に料理し、お気に入りの器に盛り付け、好みの酒を味わうような穏やかな暮らしだ。二〇二二年二月の中村譲司の展覧会を見て、相応の暮らしに満足し健やかに暮らしたいと私は願っているのだと再度確認できた。しかしながら、間もなくして、ウクライナで戦争が始まってしまった。

陶芸家の富本健吉が次のような詩を書いたのは第二次世界大戦後しばらく経った後のことである。

穀物を覆う雹《ひょう》のように戦争がやってきて、すべての人は心痛めつつお互になぐり合い、叫びあっている。だが時が来れば、赤い山茶花《さざんか》がふたたび静かに、ひっそりと花を開くことであろう。その時が再び訪れることを案ずるには及ばない。——この詩は一九四七年の終りに書いた。リーチに送りたかったのだが、英訳できないので送らずにいた。(1)——

富本が詩を書いた意図はわからないが、親友であるバーナード・リーチが戦後初めて再来日し、この詩の翻訳を柳宗悦に依頼できた

覆黒銀雨彩壺

のは一九五三年である。このタイムラグは、真の和平までには、相当の時間が必要だったことを示唆している。平和という前提があってこその工藝なのだと深く感じ入る。

中村譲司は一九八一年大阪に生まれ、一九九九年に京都精華大学で陶芸を学ぶために入学してからは、京都に住んでいる。陶芸のメッカ五条坂に居を構え、人の暮らしに寄り添う心地よい器を作っている。中村譲司の作品を見て、京都生まれの京都育ちの私が、なぜだか京都っぽいと感じた。

「覆黒銀雨彩壺」の雨を表わす縦の線に、私は何より京都っぽさを感じたのだった。造形も端正で釉薬の色と文様のバランスも良い。奥行の深い黒であるが、壺の上部などをよく見ると、そこはかとなく下に塗ってある赤の釉薬が少し透ける。壺をひっくり返してみると底まで意匠化されて、しっかり行き届いた気配りだ。

本章の扉の写真は、「覆黒銀雨彩急須」である。壺と同様の意匠のシリーズの一つだが、内部は白い。中村によると、お茶の色がわかるようにという配慮であるという。確かに、煎茶を入れるとき、色も重要で、どのくらいの色となっているか、急須をのぞき込むことがある。急須の造形もモダンで、現代建築の空間にもよく似合い

覆黒銀彩カップ

そうだ。例えば、「覆黒銀彩カップ」を使って、珈琲を飲んだらコンクリート打ち放しの無機質なマンションであっても、一瞬心が和らぎそうだ。中村は、使い手の住まいにまで思いをめぐらせ、「心を尽くした」作品を創り続けている。

中村の焼きモノに感じた京都っぽさを言語化すると、自己主張が強すぎず、文様も色も奇をてらわず、何よりバランスが良いということだ。つまり、中村譲司は長年の京都暮らしで、京都を客観的に観察し、その特徴をしっかり理解したのだ。意地悪な人に「なんや、いやらしいなぁ」といわれない作品なのである。「〜ぽさ」とは「〜」を愛し、深く観察し特徴を見出し、それを身体に叩き込むように鍛錬したものだけが身につけられるものなのだ。

「白翠結晶輪花酒盃」は、まさに「はんなり」を具現化したような酒器だ。京都の料亭では酒器に埃が入らないように、ひっくり返してテーブルセッティングすることがある。だから酒杯の底の裏も見事に意匠化されているのだ。

布を藍で染めるときに、空気に触れると、見る見る緑から青へと変化していく。藍の濃淡で一番薄い色は甕覗き、緑がかった青は浅《あさ》葱《ぎ》色、青味が少し強くなると縹《はなだ》色と呼ばれる。この酒器の見込みは

白翠結晶輪花酒盃

甕覗きから浅葱色へ変化し、溜まった釉薬の中心は縹色。高台も見事な藍色のグラデーションが楽しめる。磁土と陶土が良い塩梅《あんばい》で混ぜられ、土肌の口当たりが優しい。薄手につくった輪花のウェーブにも確かな技量が現れている。桃色を使っていないのに春の青空の下に咲く花が脳裏に浮かぶ。

「覆瑠璃振出」の蓋が藍染だったので、中村に聞いてみると、奥さまが創られたもので、とうもろこしの皮を乾燥させて藍で染めたものだそうだ。なるほど、中村は藍染の色のグラデーションを身近でよく知っているわけだ。

中村には他者をよく観察し、他者の声をよく聞き、他者に歩み寄る力がある。私は工藝と呼んでよい作品は、作り手から他者（使い手・受け手）へと渡ったとき、その他者の空間で、見られ、触られて、他者の身体とともに呼吸をし、新たな命を授かることができるモノだと考えている。

中村譲司は工藝について理論だけではなく、身体で理解している数少ない作家である。

バーナード・リーチは一九五二年八月ダーディントン（英国）で最初の国際陶藝・織物家会議に柳宗悦、濱田庄司と出席し「戦争に

覆瑠璃振出

よって分断されていたのが、数時間のうちに言語や習慣の壁を打破り、工藝に対する共通の関心を絆として、みなが温く打ち解け合い、結び合ったことに深く勇気づけられたのだった[2]」と綴っている。

若い工藝の担い手が気持ちよく仕事ができるように、大人はこの世界で力を尽くさねばならない。大人と呼ばれる人間に使命があるとすれば、その使命は、次の世代の幸せを願い、何を伝えられるか真摯に考え、行動することではなかろうか。

(1) バーナード・リーチ『バーナード・リーチ日本絵日記』柳宗悦訳、講談社学術文庫、二〇〇二年、二六一頁。
(2) 同前、二二二頁。

霜月のお話　茶の湯

さすたけの君がすすむるうま酒に
われ酔ひにけりそのうま酒に

良寛

染付芙蓉手燗鍋（かんなべ）

この歌は良寛（一六九七－一七六九）が山の中腹にある草庵に住んでいた頃、友にご馳走になり詠んだものという。「さすたけの」は「君」の枕詞で、仲良く美味しい酒を飲み交わしている様子が目に浮かぶ。日本酒好きは今や日本だけでなく、世界中にファンがいるようだ。扉の写真は、燗鍋《かんなべ》という名の酒器で、持ち手と注ぎ口、蓋のついた酒注で、茶の湯の懐石で使われる。

日本の伝統文化で日本酒同様に、世界でファンが多いものに茶の湯がある。一九〇六年（明治三十九年）、美術評論家岡倉天心は日本の美を世界に伝えるために、英語で〝The Book of Tea〟を著わした。この本は欧米で評判を呼び、今なお評価が高い。

茶の湯はただ一碗のお茶を大切な人に差し上げるために、その空間をしつらえる。日本人が伝統的に守ってきた自然への想いや美、他者に対する思いやりが茶の湯の作法の中で今もなお息づく。病や戦争の恐怖から未来が不透明になり、不安な心を日々抱える私たちである。そんなときにこそ部屋を整え、野花を生け、お茶を点ててみると、自然と心が静まってくる。海外の人から日本には日常の生活に美があると評されることがある。料理の盛り付けや器、季節の花がさりげなく生けられている空間、手入れが行き届いた庭を見たゆえかもしれない。私が尊敬する鵬雲斎千玄室先生は「一盌《わん》からピースフルネスを」の理念を提唱し、国際的な視野で茶の湯の浸透と世界平和を願い、百歳という年齢にあっても各国を今も歴訪されている。

十一月は陰暦十月で亥の月、亥の日に、茶の湯では炉開きをし、茶壷の封を切って、今年初めての茶を祝い、心穏やかに一陽来復を祈る。

さて、茶の湯における茶事を客観的に観察すると、小さな共同体を結束させるために必要な秘訣が見えてくる。この章では、今までお話ししてきた「共在感覚」という考え方から茶の湯において行なわれる茶事を見てみたい。

茶事は、茶事に招いた亭主と招かれた客（三名から多くても五名）という小さな集団が決まり事に従って、茶室という限定された時空間で四時間という時間を過ごす。

まず前座においては懐石という食事と酒、主菓子をいただき、後座において濃茶、続いて干菓子と薄茶をいただくのである。西洋のパーティと異なるのは、ホストである亭主は客とともに食事をするわけではなく、懐石における千鳥の盃という儀式において、酒を少し酌み交わす以外は、終始給仕の役割に徹するということだ。亭主も客も決められた言葉を発し、決められた動作を粛々と行ないながら、懐石という食事は一時間程度、茶事全体では四時間程度で終わらなければならないという決まり事も特徴の一つであろう。

濃茶を飲むという最も大切な行為が終わるまで、定められた言葉のやり取りや道具などについての情報交換以外の茶の湯にとって意味のない会話はあまりされない。四時間という定まった時間の中、狭い茶室という空間で決められた言葉を発し、決められた動作を行なうという行為を観察すると、議論やおしゃべりに頼らないコミュニケーションの形が見えてくる。また茶事が「亭主が選んだ正客をリーダーとして、飲食を介して客の役割を明確化し、一つの共同体として結束させるシステム」としても機能することもわかってくる。

例えば、結束させるシステムの一つとして、まず定められた言葉から観察してみよう。例えば三名の客が招かれた場合、後座で亭主が茶を点てる位置の前に亭主から指定された正客が座り、その次が次客、そして水屋という飲食物が用意される部屋に続く扉の近くに末客が座る。そして前座において、懐石が亭主から出されると、正客は「いただきましょう」と他の客に声をかける。そして他の客は、声をそろえて「お相伴致します」と唱和して挨拶をする。この言葉は正客がリーダーであることを明確にする。

茶事の前座に行なわれるこの懐石という飲食のなかでは、例えば、焼きものや八寸、湯斗や香のものについても、必ず正客からとるという順番は重要で、また飯器からご飯をとるという一つの作業をとっても、必ず正客から順番にご飯をとり、蓋や空になった飯器は茶道口近くに最後に座っている末客が担う決まりとなっている。茶室という狭い空間にともに座っているということは自明なことであるが、その時空間で「私は今この人とともに何かをしている」という共在感覚が常に働いている。そして正客、次客、末客のそれぞれに課せられた役割の決まり事の行為を重ねることによって、結束力は強まっていく。

正客はリーダーとして亭主と対峙し、末客は亭主の給仕が円滑に行なわれるよう手伝いをする役割を担っていく。また千鳥の盃では正客の盃を借りて亭主が酒を飲み、亭主はその盃を借りたまま他の客を回り、順々に酒が酌み交わされる。茶室にいる全員が正客の盃、つまり同じ杯で酒を酌み交わすのである。

そして最後に客全員は揃って箸を落とす。一糸乱れぬよう、一斉に音をたてる行為をして、この茶室の中の客は結束に向かう。懐石の時間は初座の間の一時間ほどの時間である、茶事は全四時間に及ぶ。この前座で客が正客を中心に役割が明確になり茶事を円滑に進めるよう結束できれば、後座の濃茶というメインイベントも滞りなく遂行できる予想が立つ。

茶事は、様々な決まり事に従って、粛々と進められるが、肩が触れ合うような小さな茶室という空間で、飲食をともにし、亭主によって選び抜かれた茶道具を鑑賞して、四時間を過ごすことで、互いの個人的な情報について雑談に興じなくても、どのような人物であるかを互いに観察しあうことは容易である。また静かな茶室で五感は研ぎ澄まされ、室内にいながら、豊かな自然のなかでともに過ごしているという共在感覚を強く感じる。茶室にいる全員に一体感を生じさせる「一座建立」を目指した四時間が終わると、亭主の心を尽くしたおもてなしに対して、客は有難く感じ、客同士も人間関係ができ、結束力は強化される。では、この茶事のなかで行なわれる行為を取り出してみよう。

①同じ空間で同じ釜から自分の分の分のご飯を取り、食べる、つまり同じものを食べる
②同じ容器で酒や茶を飲む。
③一斉に声や音をそろえて発する。
④役割を持つ。
⑤リーダーのもとで役割を全うする。

この五つの要素は、共在感覚をより強め、共同体の結束を容易にする要素ともいえるだろう。議論やおしゃべりが苦手な人には、有難い方法である。しかしウィルスの脅威があると、①から③を行なうことが困難で、共同体を維持するのが難しい。昨今、孤独感が増している理由も頷ける。

茶事を観察すると、人は他者と言葉や行為によって「私は今この人とともに何かをしている」という共在感覚を感じて、共同体を形づくっていく過程が明確に見えてくる。

では、共同体の結束方法を一般化して考えてみよう。共同体は共同体のメンバーだけが理解できる言葉や行為の暗号を持つことがある。また共同体は、共同体を運営、維持するために、役割を付与し、役割を付与された人は役割を全うすべく働く。

しかしながら、こういった共同体を結束させる道具となる言葉、行為、役割やその付与は、諸

刃の剣であり、共同体の結束力を強めると同時に他者を排除する機能も持つことがある。一枚岩や一心同体という一体感を表わす言葉は、その共同体の中にいる一員にとっては、心地良いものかもしれないが、一歩誤ると社会との通路を失い、他者に排除の不快感を味わわせる。戦いがそこから生まれることを忘れてはならない。

# 小坂大毅の焼きモノ

室町時代、わび茶が流行すると、市中にあっても自然の山のなかにいるように感じる茶室がつくられるようになった。「市中の山居」と呼ばれるものである。樹々に囲まれた草庵風の茶室にいると、静けさのなか、いろいろなものが見えてくる。五感が研ぎ澄まされていく。湯の湧く音、茶を点てる音、茶の香り、茶碗の手触り、茶が口に入り、苦味だけでなく、甘味を感じる。喉を伝わっていく感触。鳥のさえずり、風の音。皐月の章でお話ししたギブソンの「世界を知覚することは自分自身を同時に知覚すること」という言葉が蘇ってくる。自分が見えてくる。

茶室で使われる道具は、茶室で研ぎ澄まされた五感を満たすものであることが大切である。濃茶席の茶碗はいうまでもなく、前座における懐石の器も、選び抜かれたものだ。焼きモノもまた作家の作品のみならず、備前焼や信楽焼きなど土地の歴史や特徴を映す焼きモノも使われる。京都にある京焼・清水焼は茶事の懐石の器として使われることが多い。よく京焼・清水焼には特徴がないといわれる。その理由の一つは、京都が千年もの間、都であり、時の権力者から流行の最先端で最高級の焼きモノを創るよう命じられた結果、常に創り手は新しく美しいものを追求したからではなかろうか。京都の

染付蓮池鹿文八寸皿鉢

焼きモノの歴史には、長次郎、本阿弥光悦、野々村仁清、尾形乾山、仁阿弥道八、河井寛次郎、富本憲吉と時代の寵児であった陶芸家がずらりと居並ぶ。そこには使い手と創り手の間のどれほどの知恵比べがあったかと想像される。また京都は、自然に恵まれた陶土があったわけでもなく、都であったため穴窯や登り窯で焼くにも不便があった。京都の焼きモノは、付加価値、つまり知恵を絞って新しい意匠を考えることで興隆する以外なかった。茶の湯や煎茶にはたくさんの器が用いられる。その日の茶事の主題に合わせて、亭主が選んだモノが使われる。目の肥えた客を唸らせるべく、その茶事のためだけに新しく創らせたモノも多くあるのだ。

小坂大毅は、料理屋や茶の湯で使われる、つまり目の肥えた人が満足する和食器を創る。祖父が京都の割烹食器の問屋であったため、生まれた時から様々な器に囲まれて育った。大学時代には焼きモノを仕事にするとなんとなく決めていたという。最初は陶芸の職人が多く在住する清水焼団地で作っていたが、作風から煤が多くでるため、廻りの人に迷惑をかけないか気になることが多く、自然豊かな京都の北の地に引っ越したという。

小坂大毅の焼きモノは京焼の流れをくみ、染付が品よく美しい。

貝形蓋向

染付とは白地磁器に酸化コバルトを主成分とする呉須で文様を絵付けし、透明釉をかけて還元焼成した焼きモノである。景徳鎮窯で創始され、ヨーロッパでは十七世紀前半頃から、中国・日本の影響を受け始まっている。白地に藍色の模様が浮かび上がり、洋の東西を問わず、好まれる焼きモノだ。中国では青花と呼ばれるが、その名前もまた厳かで美しい。小坂の「染付蓮池鹿文八寸皿鉢」の鹿を見てほしい。なんと悠々と存在していることだろう、罠猟免許も持つ小坂だからこそ、深く理解できた命の美しさが宿っている。

さて、ここで磁器と陶器の違いを少し説明しておこう。陶器は、厚みがあって細かな孔があり、見た目より持った方が少し軽い感じがする。一方磁器は、薄くて表面が滑らか、触るとつるりとしており、手にひんやりとした感覚が残る。陶器の素地は粘土層の土、磁器の素地は陶石という石の粉を練ったもので珪酸分の比率が高く、ガラス化が進んでいる。叩くと陶器は鈍い音がして、磁器は金属音の冴えた音がする。ほの暗い茶室で出逢った焼きモノを味わうため、人は五感を総動員する。陶器と磁器は、窯で焼く温度も異なる。陶器はおおよそ一一〇〇度から一三〇〇度、磁器は一三〇〇度前後と、磁器の方が一般的に高い温度で焼かれる。作られた時代は陶器の方

染付蓮池イキモノ図蕎麦猪口

が古く、磁器を作るには高度な技術を伴うので、世界のどの国でも簡単には作れず、相当の時間がかかった。日本で陶器は七世紀後半には作られていたと伝わるが、磁器が日本で作れるようになったのは、十七世紀、陶器から遅れて、千年もの月日が必要だった。

小坂大毅の焼きモノは、この高度な技術が必要な磁器モノが多い。ここ数年、彼の焼きモノはどんどん良い感じになっている。その証拠といってはなんだが、二〇一八年に第三回日本陶磁協会関西展の実用陶器・クラフト部門で奨励賞も取っている。小坂の焼きモノは、息がつまらない。小坂の湯のみでお茶を飲んだりすると、現実の小忙しい時間から逃れ、気がつくと非日常の時間に漂っている。小坂の器の世界に引き込まれていくのだ。非日常へと誘う器、茶の湯や料理屋で使われるための必須条件だと私は考える。いうまでもなく技の研鑽も要求される。小坂の絵付けの技は確かだ。「貝形蓋向」は蓋を合わせる場所に魚が描かれている。難しい場所なのに、なんと生き生きと泳いでいるのだろう。蓋を開けると海老が二匹細密に描かれている。この繊細な筆遣いこそ、賞賛に値する。豊かな自然のなかでの生き物の観察が活かされている。小坂は中国の古い焼きモノの古染付からも学んでいるという。小春の章で見た復元の仕事

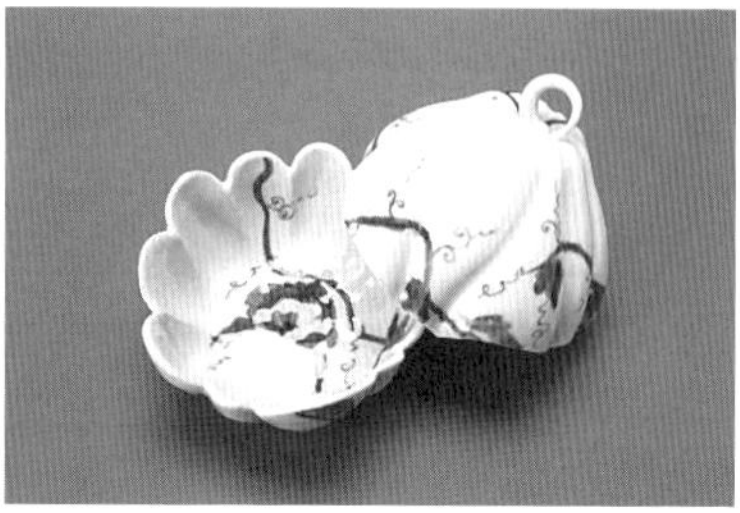

染付瓜形葡萄文蓋向高

のように、古い時代の極上品を観察し、情報を得て、学ぶのだ。自然やモノからの学びを、身体で熟成させ、手を通して小坂大毅にしか作れない焼きモノを創る。「染付蓮池イキモノ図蕎麦猪口」は汁を飲み干した後に、元気な魚が見え、食後に愉快になる。蕎麦猪口収集家も魅了されるはずだ。

京都の粋な小料理屋で、小坂大毅の「染付瓜形葡萄文蓋向高」がでてきたら、まず器を目で楽しみ（眼福）蓋を開ける音を楽しみ（耳福）、最後に「いただきます」と口のなかで美味を楽しむ（食福）、いろんな福に満ち心豊かになるにちがいない。

# 臘月のお話　自伝的記憶

沫雪《あわゆき》のほどろほどろに降り敷けば
平城《なら》の京《みやこ》し思ほゆるかも

大伴旅人

オブジェ小品「伴走のいきもの」

年も押し迫ってきて、風花が舞うと、その年に起こった様々なことを思いだす。この歌は大友旅人（六六五－七三一）がはらはらと降る雪を見て、大宰府から故郷の平城京を想って詠ったものだ。良い想い出はなぜか甘く切なく恋しさが募る。

扉の写真は「伴走のいきもの」という名の下村順子の焼きモノ、自分の人生に伴走してくれた人や動物が亡くなると、人はどうしようもない喪失感のなか悲しみに暮れる。想い出のなかに生きたいとさえ、思ってしまう。

認知科学では一般的に長期記憶において、対象概念や意味に関わるものに「意味記憶」、時間的、空間的枠組みの中で展開する事象性を持つものに「エピソード記憶」という名前を与えて区別している。例えば、ある文章を理解するために、語の意味や、語と語の関係性等についての知識が必要であるが、この辞書のように体系化された知識が意味記憶である。一方、エピソード記憶は、個人的な経験や特定のモノやコトに関する記憶である。また、自己が主人公を演ずる自伝的出来事と、メディアを媒介に取り入れられる出来事の記憶は、同じエピソード記憶といっても大きく性質が異なるとされている。

心理学者の山鳥は次のように述べる。

記憶されたものといえども過程性を免れるわけではなく、常に神経活動を続けており、隣接あるいは重なり合うネットワークからの影響を受けつづけている。(中略) 心理過程における現在は現在と記憶 (過去) の相互作用としてしか成立しない。(1)

自伝的記憶は、その持主である主人公の現在から語られる過去である。主人公の過去の記憶は他者から検証できる事実のそれとして脳に格納されているわけではない。人は誰かを失った今という悲しい現実世界をなんとか生きるために、良い想い出の記憶を想起するのだ。だからこそ、それは甘く切なく恋しく、その記憶の世界に留まりたいとさえ思う。

記憶の研究では、「プルースト現象 (Proust phenomenon)」という用語がよく使われる。「プルースト現象」とは、ある匂いとの思いがけない出逢いから、突然昔の記憶が隅々まで蘇っていき、あたかもそれを追体験しているかのように思い出される現象である。フランスの小説家マルセル・プルーストの大作『失われた時を求めて(2)』において、主人公がお茶に浸したマドレーヌのかけらをスプーンで口に含んだとき、幼い頃の思い出が鮮やかに蘇ったという記述から付けられた名称である。フランス語で書かれた原書を辿ると、お茶に浸したマドレーヌが口蓋 (palais) に入ったときに想い出が蘇ったことがわかる。口蓋では味覚、嗅覚、触覚などの知覚も総動員されているのであるから、実際に主人公が古い記憶を思い出したきっかけは嗅覚のみではなかったかもしれない。鼻から入った香りは口の中にも入るので、香りを表わす言語表現に味覚を表わす

「甘い」や「酸っぱい」などの言葉が多く使われるのは、自然なことである。
『嗅覚と自伝的記憶に関する心理学的研究』の著者である山本晃輔によると、香りから想起される記憶と言葉は、関係性があるという。

匂いそれ自体の記憶においては、言語的符号化が規定要因の一つとして考えられており、促進効果あるいは妨害効果が生起する可能性が示唆されている。(3)

さらに彼はその詳細を、次のように指摘する。

嗅覚の認知処理過程を通して行われる言語処理による自伝的記憶の想起の促進、あるいは妨害効果が生じる原因については、質的に異なる2つの言語情報の活性化パターンが関与していると考えられる。一つは〝あの時、あの場所で嗅いだ匂い〟のような極めて特定的な命名が行われる場合である。(中略)この場合には、命名段階ですでに自伝的記憶構造内の情報が豊富に活性化されているため、ある特定の出来事に関する記憶が想起されやすくなり、促進効果が生じると考えられる。いま一つは、その匂いが極めて一般的なものであった場合に生じる。〝コーヒー〟や〝オレンジ〟などの単純な言語ラベルによる命名である。この場合には、命名においてそれ以上の情報を探査する必要がないため、自伝的記憶構造内の情報がほとんど活性化されないものと推測される。

自伝的記憶について山本は「自己である主体が直接的に経験した過去の出来事に関する記憶」[4]と定義している。山本が行なった心理学的実験結果によると、匂いを記憶するために、言語を使って命名した方が、記憶の想起を促進させるが、匂いと言語的命名が一致しないと想起されにくくなる。また促進効果が生じるのは、特定できる場所で特定できる時間に嗅いだ匂いに対して、特定の命名を持つ場合である。この場合は、個人的な記憶の情報が活性化されているため、ある特定の出来事に関する自伝的記憶が想起されやすくなり、その命名によって促進効果が生じる。反対に、一般的な匂いに対して、コーヒーやオレンジなどよく使われる普通名詞で命名した場合は、個人的で特別な記憶の情報がほとんど活性化されず、自伝的記憶は想起されにくいと考えられている。

ヘルツとカプチックの実験[5]でも、匂いのみにより個人的な記憶の想起を求めた場合と、匂いに命名して個人的な記憶の想起を求めた場合を比較した場合とでは、命名された匂いによって想起された記憶の方がより明確であることが報告されている。

ウィランダーとラーソンでは[6]、さらに匂いだけ、言語ラベルだけで想起したよりも、匂いと言語ラベルの両方、つまり匂いに言語ラベルをつけて想起した場合の方が、情動的で追体験感覚を伴ったものであるとする。

匂いの記憶と言語の関係を考えるために、二〇二〇年に流行した「香水」という曲を思いだしてみよう。この曲は、歌手の瑛人が実体験をもとに作詞作曲したもので、失恋した相手に三年ぶりに会ったときのことを歌っている。かつての恋人が三年前の香水と同じ香水をつけていたので、想い出したくなくても仲が良かったときのことを想い出してしまうという内容が歌われている。香水は「ドルチェ　アンド　ガッバーナ」のものであり、その名前が何度か歌のなかで香水を名指すために使われている。「ドルチェ　アンド　ガッバーナ」はブランドの固有名詞であるが、香水とその固有名詞が固く結びつき自伝的記憶を想起させている。心理学的な実験は試みていないので、断言はできないが、このような場合、香りを嗅がなくても「ドルチェ　アンド　ガッバーナ」という固有名詞を見たり、聞いたりするだけでも、かつての恋人との出来事を想い出してしまう可能性は否定できない。

私が留学生に教える日本語の授業のなかで、あるマレーシアの学生は恋人が使っていた石鹸「ボディショップ」の「ストロベリー」という名前を見るだけで彼女を想い出してしまうと語っていた。名前がついた香りにまつわる出来事が非常に強いものであった場合、香りを嗅がなくても、名前を見聞するだけで、それが手がかりとなり、自伝的記憶を想起する場合は少なからずあると考える。

（1）山鳥重『記憶の神経心理学』医学書院、二〇〇二年、一七二－一七三頁参照。

（2）マルセル・プルースト『失われた時を求めて（上）』鈴木道彦編訳、集英社、一九九二年、四八－五五頁（Marcel Proust, *A la Recherche du Temps Perdu*, 1913）

（3）山本晃輔『嗅覚と自伝的記憶に関する心理学的研究』風間書房、二〇一六年、七六－七七頁、一〇六－一〇七頁参照。

（4）同前、七頁参照。

（5）R. S. Herz and G. C. Cupchik, "An experimental characterization of odor-evoked memories in human," *Chemical Sense*, 17, 1992, pp. 519-528 参照。

（6）J. Willander and M. Larsson, "Olfaction and emotion: The case of autobiographical memory," *Memory and Cognition*, 35, 2007, pp.1659-1663 参照。

# 下村順子の焼きモノ

オブジェ小品「立つ」

この本で今までいろいろな焼きモノを紹介してきたが、大きく二つに分けることができるだろう。器として役に立つモノと、一見、何の役にも立ちそうもないオブジェだ。

さて、あなたは世の中で役に立つ人間だろうか。あなたは世の中で意味がある存在だろうか。二つの問いは表層では異なり、深層では重なる。時に、焼きモノは具体的な用途がなくても、人にとって深い意味を持つ。本当は人間も同じはずだ。世の中に具体的に役に立っていなくても、どんな人間も存在することで意味を持っていると承認される世界に生きたいと切に願う。

このような文を書きながら、伝えたいことと、少しずつずれていくことがもどかしい。言葉の世界の限界だ。その点、触ることは、直接に生き物としての私に触れる。

下村順子の展覧展「To and From Objet and Vessels」を訪れ、そんなことを考えながら、人形《ひとがた》の焼きモノをじっと見ていた。

オブジェ小品「立つ」彼女が創作した人形《ひとがた》は、ほとんどのものに顔がなく、あっても小さく表情は読み取れない。人形によって土の色目や肌理が異なる。「立つ」という名がついた人形には強そうな足があり立っている。壁面に飾ってある人形は「そらの人」と名づ

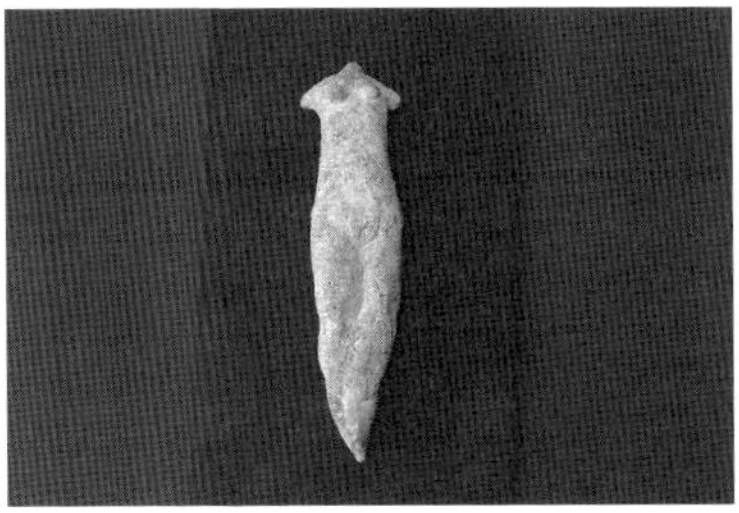

「そらの人」

けられ、足が途中で消えるようになくなっている。

私は夢中になって、ただ見ていた。そのときだった。下村順子は私に「手の中に入れて触ってほしいのです」と語りかけた。私は人形を手で包み、触ってみた。人形を触っていると、何かが私のなかで起こっていることに気づいた。すると奇妙なことが私の根源的な部分に触れ、記憶をまさぐる。私は私の人生で関わった様々な人や動物の生き様を想い出していた。大地にしっかりと立って生きていた人、舟のように受け入れてくれ伴走してくれた人。人間だけではない扉の写真のように、伴走してくれた犬や猫もいた。生きてきた時間が走馬灯のように蘇り、いつしか私の頬に涙が伝わっていた。視覚、聴覚、嗅覚だけでなく、触覚もまた自伝的記憶を想い出すきっかけや手がかりとなるのだ。

下村順子は、一九七〇年愛知県生まれ。以前は神奈川県に住んでいたが、現在は多治見で作陶している。三重大学の教育学部で彫塑を専攻し、彫塑として焼きモノを選んだ。

その理由は、その頃に弥生式土器に強く惹かれていたからだ。彼女は「器が香っているけどオブジェとして存在する」ものを創ることを目指した。一九九八年に朝日陶芸展で入選し、その後何度も同展で入選を重ねる。二〇〇一年には第一回大韓民国世界陶磁ビエンナーレ国際公募展で入選、二〇〇九年にファエンツァ国際陶芸展（イタリア）エミリア・ロマーニャ市議会賞を受賞するに至った。その後も地道に作陶を続けている。私が彼女と彼女の作品に出逢ったのは、二〇一一年、知らぬ間に十年を超える時が流れた。

彼女の焼きモノの特徴は、オブジェや器がそれぞれの目的を果たすために選ばれた土がガラス化される直前の温度で微妙に調整され、低温焼成されていることだ。だから、手触りが柔らかで温かみがある。彼女は「オブジェであっても、家のなかに転がっていて生活のなかに馴染む」ものを創っていたいと願っている。彼女の作品は、そこはかとなく存在しながらも、そっと見たり、撫でたりすると、秘密を漏らしてくれる。

人形のオブジェは主に信楽の土を使い手捻り、一回目は七五〇度で焼成し、薄い白化粧を施しニュアンスをだし、二度目は一一五〇度で焼く。人形は全て女体でおっぱいは控えめ、お尻はどっしりしている。人形によってグラマー度も異なり、よく見ると背中の肉の付き方や背筋も違うのだ。触ると一層に人形それぞれの個性が伝わる。

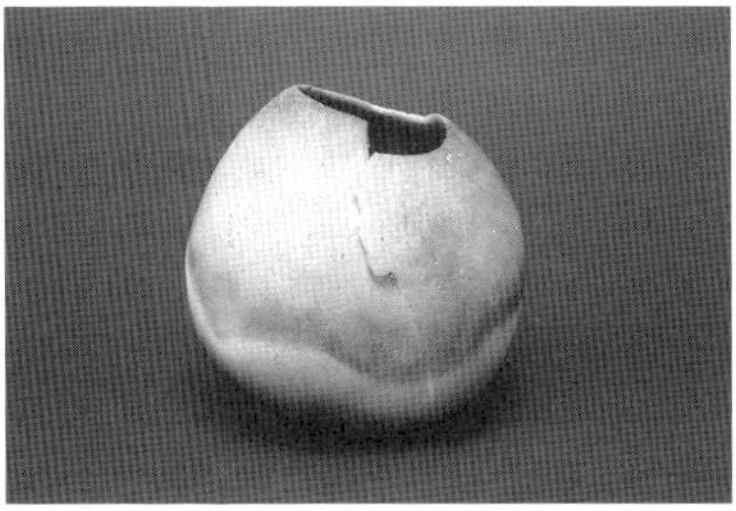

炭化焼〆花壺

この展覧会で初にお目見えした炭化焼き締めの花壺「器の香りがするオブジェ」は籾殻《もみがら》に埋めて一一二〇度で一六時間、一回焼成である。黒い部分は籾殻に埋まっていた部分でグラデーションは自然の産物でもあり、墨絵のように黒と白のあわいが美しい（「炭化焼〆花壺」）。この造形は、一度整った器を作り、びりびりと引き裂くようにして壊す。そしてもう一度組み直している。私にはその在り方が、まるで人が生きている世界そのものを表わしているように感じられた。壊れて、否、壊して、再構成して行く、再構成されて行く世界、いつしか世界は歪《ゆが》み歪《いびつ》になる。でもどんなに歪になったとしても、崩壊するまで継続していく。少しでも空《から》な部分があれば、目に見えない何かが空を埋め、世界は継続する。

さて、彼女は器らしい器も創る。何より彼女のマグカップは好ましい。見た目よりずっと軽く、その造形は絶妙に手に馴染み、内部に刷毛目がざっくり塗られているが、唇が触れる部分は釉薬がかかっておらず、土から何かが伝わってくる。今回の展覧会から轆轤《ろくろ》で引いた後、自分で土を焼いて作った道具で下部を叩いて延ばし、薄く強くしている。長年にわたり、伴走してくれる器だ。

器は彼女の現実生活に寄り添い、支える。オブジェは彼女の深層

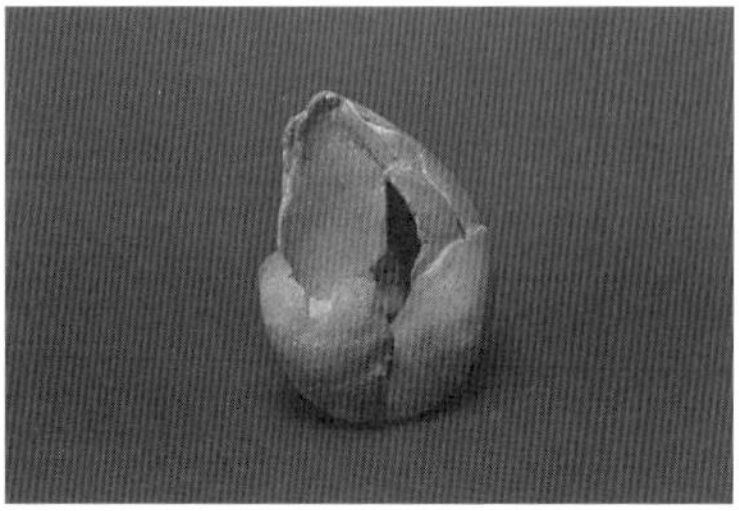

オブジェ小品「くみたつ空」

世界を表現している。器とオブジェはぎりぎりのバランスで彼女を生へと傾ける。人が生きることはそれほどに真剣で、彼女の創作はそれを表現する。

病や戦争のニュースで、死について考える時間が増える。彼女のオブジェ「くみたつ空」を見ながら、想った。人には必ず死ぬときが訪れる。そして焼かれても焼かれなくても、やがては骨になる。骨になった人は空《から》となり、異なる時空へと向かうのだろうか。その空《から》の部分が生きている人の想いで満たされ想起されるとき、初めて、死んだ人の生き様の根源的な意味がわかるのかもしれない。

## 睦月のお話　香りを聞く

人はいさ心も知らずふるさとは
花ぞ昔の香ににほひける
紀貫之

イッチン手香合「濡羽絲」

新年を迎えると、京都では一月三日に八坂神社で「かるた始め式」がある。普段和歌とは関係のない生活の人も、お正月は百人一首をして、和歌に触れることもあるのではないだろうか。茶の湯ではお正月最初に行なう行事を点初め・初釜という。扉の写真は澤谷由子が創った香合である。香合は香を入れる蓋付きの容器で、茶事の前座の炭道具の一つだ。良い香りのなか、茶室で披露されるモノだ。

さて、前章で記憶の想起と香りには関係性があることを述べたが、冒頭の和歌の作者紀貫之《きのつらゆき》（九世紀－十世紀の人）は、香りから昔のことを想起している。

日本には『万葉集』や『古今集』の和歌にも香りを詠むものがあり、『源氏物語』においても平安時代の貴族たちが纏う衣服に自分独自の香りを炷《た》きしめ、香りを宮廷生活のなかに取り入れていたことが描かれている。おそらく千年以上前から都における日本の天皇と貴族の生活において、香と和歌などの詩的な言語表現は、生活の中で自然に結びついていたと思われる。時が流れ権力を持った武家の間でも香が嗜《たしな》まれるようになり、貴重な香木は権力の象徴ともなっていった。戦国時代に入り、織田信長が現在も正倉院に保管されている香木である「蘭奢待《らんじゃたい》」を天皇に所望し切り取ったことは、今に伝わる話である。香道は皮肉にもこういった戦乱を背景に、室町幕府八代将軍足利義政（一四三六－一四九〇）の近くにあって和歌や連歌に造詣《ぞうけい》が深い人たちの間で、現代に伝わる様式の原形が伝承されていった。

香りを楽しむという文化は世界各地にあるが、日本においては「香道」という、香りを鑑賞し詩的な言葉で表現する独自の様式が、受け継がれてきている。現在、香道の二大流派は御家流と志野流である。一五〇〇年前後に確立されていった香道の様式は、御家流の祖とされる三条西実隆が公家社会に、志野流の祖とされる志野宗信が武家社会に伝えたというのが一般的な見解である。(1)

香道において他者と香りについて語り合う言葉として用いられていたのは、古くから伝わる和歌や和歌から引用された語句といった詩的表現であった。なぜ詩的表現が使われたのかということについて、また室町時代中期から約五百年以上もの間、香りの表現に詩的表現を使うことが受け継がれてきているのかについては理由があるように思われる。

この香道では対象となる香りを鑑賞する様式が整っていることにも注目したい。香道では香りは嗅ぐといわずに、「聞く」という。瞳を閉じて静かに香を「聞く」のであり、五感のなかでも嗅覚に特化してこれを研ぎ澄ませ、視覚、聴覚、触覚、味覚から自由になり、さらに想像の翼を広げて、今ここという世界と異なる仮想の空間にたゆたう。香道の香りの対象となる香木は自然物であるため、一つとして同じものはなく、しかもその小片に熱を加えることによって香りも時間とともに変化する。もし、時間において点としての香りを正確に表現したければ、「今は～」「しばらく時間が経つと～」「最後は～」とその変化を述べていくほかない。香木の香りは刻々と変化し、やがて消えてゆく。ゆえに香木の香りを表現する言葉もまた時間の経過で変化するその様を捉えていなければならない。香道において鑑賞される香木は銘を持つが、それは香銘と呼ばれる。実際、多種多様ある香木に銘を付けるとなると、言葉探しが困難であることはたやすく想像できる。香銘は、多くの香木で嗅覚を鍛え、しかも古典文学の素養を身につけた他者が納得いくものでなければならなかった。現代でも香木の香銘に、和歌や和歌の一部を引いた詩的表現が使われているのには、このような背景がある。

本来、匂いというものは、人工的な手を加えない限り、空間に蔓延するものであり、他者とともに存在する狭い空間において個人的な経験に限定することは困難である。例えば、飛行機のなかでは、お気に入りのひざ掛けを触り、一人で映画を見て、機内食を楽しむことができる。この例から触覚、視覚、聴覚、味覚を個人的なものとすることが、現在の技術では簡単に可能であることがわかる。しかし嗅覚に関しては、ファーストクラスにでも乗らない限り、他者の匂いを自ずと感じてしまうものだ。つまり現代においても嗅覚は他者とともに存在する狭い空間において、コントロールが難しいものに留まっている。

ところが香道においては、香りの鑑賞の様式が確立しており、他者と同室にあったとしても個人的に集中して香りが鑑賞できるのである。また嗅覚は個人差が大きく、他者と自分がある天然の香りをそれぞれ嗅いでも、その感じ方は異なる。ところが、香道においては香りを鑑賞する際に同室にいた他者と香りについて語り合うことが、協調的に成立している。さらに香道における香りの鑑賞方法が、集団においても個人として香りに集中することができ、個人のなかで、香りの同一性の判断を完結させる仕組みとなっているのは、驚くべきことだ。さらに香道において鑑賞の対象となる香木の命銘は、和歌などから引かれた詩的な表現である。前章で述べたように、認知科学では、香りに名前があることは、記憶の想起を促進させるために有効な方法であることが指摘されている。

　現代でも使われている香道における香りの分類は、六国五味《りっこくごみ》といわれるものである。六国は、木所《きどころ》とも呼ばれ、産出地と出荷港などを基準に沈香が分類されたものである。香道では人々が集まって香りを鑑賞する場合は、沈香が使われ、白檀《びゃくだん》はほぼ使われない。香りの性質によって伽羅《きゃら》、羅国《らこく》、真那賀《まなか》、真南蛮《まなばん》、寸門陀羅《すもんだら》、佐曾羅《さそら》の六種に分類される[2]。しかしながらこの香りがどのようなものかを説明する言語は、花や六歌仙に例えたものであり、記憶するためにはそれほど役に立たず、結局は何度も自分自身の身体を使い、香りを嗅いで、名前とともにその香りのカテゴリーを、それぞれ覚えやすい個人的な方法で記憶に留めなければならない。また五味は香木の味を指す言葉であり、甘、苦、辛、酸、鹹（塩辛）に分類される。香木の香りは時間とともに変化していく。例えば最初は甘く感じても、次第に変化し、最後は塩辛くなる場合もある。ゆえに、香りを分類するためには多くの経験と鍛錬が必要となる。特に、香木でも伽羅の場合は鑑定士が香木のかけらを口に含んで噛んで味覚で確かめる場合もあり、やはり嗅覚のみで鑑定しているわけではない。まずは香木の様子を視覚で確かめ、叩いて聴覚で音を聞き、触って質感を感じるといった具合に、五感を使って鑑定しているのが常であるようだ(3)。

一つの感覚器官によって複数の感覚を知覚する現象、例えばある香りを嗅ぐと音が聞こえるなどの現象は、共感覚(synesthesia)と呼ばれている。香木と香道に精通した専門家である山田松香木店の山田英夫氏に、香りの記憶方法について尋ねたところ「自分は若い頃ジャズを良く聴いていたので、音楽に例えることが多い。例えば、曲の始まり方や流れ、テンポやリズム、楽器の音に例えたりします」「でも人それぞれ生きてきた道のりが違いますから、また言語化できないものなので、香りの記憶の仕方はそれぞれ違うものだと思います」と語った(4)。香りについては、人がそれぞれの方法で、五感を共振させて記憶しているのであろう。

(1) 本間洋子『香道の文化史』吉川弘文館、二〇二〇年、三頁参照。
(2) 山田英夫『香木のきほん図鑑』世界文化社、二〇一九年、一二―一三頁参照。
(3) 同前、一〇頁参照。
(4) 澤田美恵子「香りと詩的表現」『京都工芸繊維大学学術報告書』第一四巻、二〇二二年、五六頁参照。

# 澤谷由子の焼きモノ

ボーカロイドなみに唄えるという幾田りらの声は23Ｋという動物にしか聞こえない周波数が鳴り、猫もその歌声に心地よさそうに反応するという噂がネット上で舞う。ボーカロイドは、人間には不可能な楽曲も歌いこなす。「うっせぇわ」で一躍有名になった歌手Ａｄｏもまた超難解な曲を歌い上げ、人々が喝采する。それは澤谷由子が人気を博していった時期と重なる。不穏な時代は不安を払拭する卓越した人間の能力に心を動かされる。

二〇二一年末の展覧会でも初日の午前中に澤谷由子の作品は売り切れたという。展覧会の二日目に彼女から話を聞くことができた。人の良さと人への気遣いが滲み出る笑顔で、少し朴訥と話す彼女に、私はすぐに打ち解けて話すことができた。

澤谷由子は、秋田県横手市生まれ、岩手大学で陶芸を始めた。四年生で東日本大震災に遭い、悲惨としかいいようのない現実世界に放り出された。悲しみに打ちひしがれる人を前に、慰める言葉さえ持たない無力な自分を思い知った。二〇一二年、まだ復興の兆しが見えない岩手を後にし、新潟へ、上越教育大学院学校教育研究科に入学する。この地で陶芸に没入したことが、光を見失っていた澤谷を救った。特にイッチン（筒描き）という技法は、彼女を魅了し、

イッチン手銀彩玉盃「露纏」

陶芸の道へと導いていく。二〇一四年には九谷焼の地、金沢卯辰山工芸工房に入所する。ここでは仲間が作家として注目され活躍していくのを目の前にし、ただ焦った。当時の彼女を、そして今も支え続けているのは、宮沢賢治の詩「生徒諸君に寄せる」の次のフレーズだ。

誰が誰よりどうだとか
誰の仕事がどうしたとか
そんなことを云ってゐるひまがあるのか

二〇一七年工芸工房を修了し、スタッフとして働くようになる。大雪が降ったある日、「積もり積もった雪を一人掻き分け、工房を往来する方たちの道をひたすら作っていた」と、あるギャラリーの人が澤谷のインスタグラムに書き込んでいた。自分の身体の辛さや面倒さより、人の心地よさを優先する澤谷の仕事への態度は、作品にも映る。

例えば、イッチン手銀彩玉盃「露纏」、手の中にすっぽり入る心地よい丸さ、透明感のある白磁の中央に雪の華を思わせる象徴的な

馬上杯「夕結」

文様が、ラピスラズリのような蒼と銀彩で描かれ、そこから波紋のように、白から淡い青へやがては、また蒼へと変化するイッチン文様がびっしりと描かれている。どれだけの時間が費やされたのだろう。彼女は作品の受け手の心に温かな灯が点るように祈りを込め、命を削って創り上げていた。きっと今日も深夜まで彼女は能美の工房で作陶に没入しているに違いない。

私は澤谷の作品を理解したくて、展覧会場を三度訪れた。雪舞う京都紫野の誰もいなくなった夕刻の会場で作品を眺め、手に取り、澤谷の手の軌跡を辿った。

新たな変異ウィルスの市中感染に戦慄する二〇二一年暮れの京都という時空間から、私は次第に遠ざかっていった。時間が止まり、私はただ一人幻想的な雪景色のなかに佇んでいた。小品を手に取り、隈無く凝視しても何千というミリ単位の細かなイッチンの文様に破綻は一つもなかった。完成された一つの宇宙がそこにあった。

神業、雪の結晶の美しさを、人は神業と呼ばない。人工知能とは異なる不完全な知能と限界ある身体の人間が、持てる全ての力で挑むからこそ、完成度の高い作品に人は感動し、賛美の言葉を贈るのだ。

露織器

馬上杯「夕結」、深く降り積もった雪をオレンジ色に染めて、太陽が今沈もうとしている。宵の明星のビーナスが西の空に輝き、陽の神と出逢い結ばれる。見込みと高台の中心は、文様の始まるところ、ミクロの世界に命の結晶が編まれていた。

夜の帳が下りていく。澄み渡った冬の夜空の星は、深く降り積もった雪を蒼く輝かせる。生命が織り出される時間、「露織器」、雪の夜に咲く幻の花のようだ。がくは銀彩で力強く花を支え、花弁は妖しげに大きく開き、命を引き入れ、命を生み出す。

やがて日が昇り、雪間からうっすらと萌黄色が顔を出す。玉盃「葉露」、もう二度と春など来ないのではないかと寒さと心細さに慄く日々が続いても、春はやってきた。盃を開けると蕗《ふき》の薹《とう》が元気にぽつりぽつりと芽吹いていた。

北国の冬は長い。北国の工芸品は、農閑期の雪に囲まれた時間に育まれてきた。雪国で育った人たちの記憶には、雪の様々な表情が刻み込まれている。澤谷の心には、美しい故郷の自然が根を張っている。彼女は超絶技巧だけでは終わらない人だ。なぜなら、澤谷の作品を見ていると、なぜか自然に包まれているように、心がしんと落ち着いていくからだ。澤谷の創り出すものに、私は自然の「ゆら

玉盃「葉露」

ぎ」を感じる。それは澤谷が神様からもらったギフトだと、私は信じている。

二〇一一年三月十一日に起きた東日本大震災は、澤谷の人生を大きく変えた。この震災は日本中、否世界中の人々にとって忘れられない事件であろう。記憶の研究では、人々にとって忘れられない大事件は、その知らせを最初に聞いたとき、自分がどこで何をしていたのかを数年、十数年想起できるという。そしてその現象は、フラッシュバルブメモリーと呼ばれる。この現象についての専門家の一つの見解は、大事件は頭の中でも、いろんな会話の場面においても、何度もくりかえし想い出され、語られるために、長い間忘れないというものだ。人間は語り継がねばならないことは、語り継ぐことができる生き物であることを、忘れてはならない。

# 如月のお話　香りを伝える

世の中は夢か現《うつつ》か現とも
夢とも知らずありてなければ

古今集　よみ人しらず

釉器シリーズ「砕」

この歌は古今集にあるが「よみ人しらず」つまり、作者はわからないが、今に伝わる歌だ。「今見ている世界は夢なのか、現実なのか」と問う。千年以上時間が経過した「よみ人知らず」の歌に、二十一世紀の私が心惹かれ共感した。それこそが、時代を越えて詠み継がれた理由なのであろう。中国の荘子も「胡蝶の夢」で「私が蝶になった夢は本当か、本当は蝶である私が人間の夢を見ているのではないか」と問う。人の深淵な問いの一つだ。

茶の湯も香も戦乱の時代に確立していったという歴史的事実が語るように、人は惨く辛い現実の世界から逃げ、しばしでも非日常の世界で生き、夢を見たいと願うものなのだ。

香道の研究者である松原は「当時の文化人による名香合も催されている。文明十（一四七八）年十一月十六日の東山殿における六種薫物合、翌十一年五月十二日同じく東山殿においての足利義政の六番香合、また文亀元（一五〇二）年五月二十九日志野宗信宅の名香合などである。参集者はそれぞれ香を持ちより、左右に分かれて二種の香気を比較し優劣をきめ、その判定の基準には香銘も重要な要素となり、深い文学的素養のもとに判定の言葉がそえられる」(1)と述べている。ここに記されている名香合《めいこうあわせ》とは、持ち寄った香木の優劣を競い合うものである。その判定要素に香銘が重要であったという指摘から、すでに言語表現と香りとが密接な関係にあったことがわかる。香銘は和歌から引用されたものが多いが、連歌との関係も重要である。応仁の乱で荒廃した世に名香合が流行し、時を同じくして連歌も興隆している。

連歌は、数人以上で会が催され、まず発句が読み上げられると参会者が相応しい脇句を考え、脇句が提示されると発句と脇句の世界をイメージし、それを受けてまた第三句と、連想される世界で遊び、句をつくっていくものである。連歌研究の権威である木藤才蔵は連歌の形成と展開について、その概要を次のように述べている。

連歌の特質を考えるにあたって、どの時代の作品を対象にするかが問題であるが、ここでは南北朝時代から近世初期に至る広義の完成期の作品について、その特色を抽出してみたいと思う。最初に連歌の詩形について考えてみると、五七五の発句を七七の脇句で受け、さらに五七五の第三句に転じ、以下七七の短句と五七五の長句を交互にくり返して百句に至るのを原則としている。この長大な詩は二、三人以上十数人の参会者の協同で制作されるのが普通であるが、作品全体としてみる時には、何らまとまったことを叙述しているわけでもなく、また、首尾一貫した気分情調を詠もうとしているわけでもない。むしろ、一句ごとに主題が移動し、同一主題に停滞しないところにその生命があるといってもよさそうである。（中略）連歌の用語は磨きのかかった歌語であり、その理想とした美は、超現実的な優越美であった。それは乱世の現実にはどこにも存在しないものであり、それがゆえにまた中世の心を深くとらえたものと思われる。(2)

香銘からイメージを連鎖させて、次の香の鑑賞へとつなげていく炷継香《たきつぎこう》も、連歌の様式を香の鑑賞に応用する形で、同じ時代に流行していった。現代、御家流の祖とされ、足利義政の時代に宮中の香を司る「香所預」の三条西実隆について、興味深い記述がある。

実隆邸での香会は、自邸を使用しているものの実隆自身は積極的に香会を催してはおらず、香や薫物などの材料や飲食物の提供、歌を詠む趣向等、宗祇の働きが大きく作用し、むしろ宗祇主導の会であったと言える。従来、宗祇は連歌師としての業績や実隆の古今伝授の師として取り上げられ、香との深い関わりについては指摘されてこなかったのであるが、宗祇こそが香会開催に強く関わっていたことがわかる。(3)

応仁の乱の最中、美しいイメージの世界を次から次へと渡っていく遊戯である連歌と香りが結びついた会が、乱世を厭った文化人の心を摑んだことは想像に難くない。日本における香木の鑑賞において、香りと和歌を組み合わせて楽しむ遊戯は、現在の香道においても行なわれる組香の礎をつくっていった。

香りは組香のように少人数で楽しむこともできるが、一炷聞といって、香木の香りを一人で心静かに鑑賞し、香銘について思いを馳せ、俗世の雑念を消し、最後には無我の境地に到ろうとする聞き方もある。組香において、十人が十畳の同じ空間にいたとしても、互いに競うゲーム形式が前提であるので、自分の手で囲ったかすかな香りを個人的に鑑賞し、個人それぞれのなかで香りを同一か否か識別している。たとえ他の人が同じ空間にいても、ゲームの遂行には自分の嗅覚を研ぎ澄まし、個人のなかで完結した結論をだすことが要求される。つまり組香では、集団のなかにおいても、個人的に香りを聞き、その香りと証歌や香銘との関係に考えをめぐらし、個人的な仮想の世界、「今ここ」でない世界にたゆたうことが可能なシステムになっているといえよう。

哺乳動物において嗅覚は、敵味方を見分ける、餌を探す、危険を避ける、帰るべき場所を探すなど、生きることに密接に関わった重要な感覚である。しかしながら、言語を獲得した人間においては他の動物と異なり、嗅覚は言語表現と強く結びついて発達することとなった。他者にどんな匂いかを伝えるために、他者と匂いについてわかりあい、語り合うために、形を持ちえない匂い、目に見えない匂いを言語化し表現してみようと試みる。しかしながら、人間という生き物が自分の嗅覚によって得た匂いの経験というものは非常に個人的なものであり、快か不快かを伝えることは簡単であっても、それ以上に生き物としての自分に何が起こったかを、詳細に言語で伝えることは意外に難しい。つまり、個々の物語を生きてきて、世界を異なる解釈で見ている人間が、匂いによってそれぞれの肉体のなかで起こった出来事を、他者が理解可能な形で言語化するということは簡単なことではない。自分だけの体験を自分の物語や解釈が許す言葉で語ることになるが、そのような言葉は他者からすると理解困難だからである。

香りを表現する者は、決してわかりあえない、決して同じ感じ方を共有できるはずがないと、断念したうえで、それでも言葉を紡ぎ他者に伝えようと試みる。その諦めの上に、少しでも共通する何か、少しでも共感できる何か、つまり他者との「同じ」を手探りで探すように言葉を探す。香りに銘を付けるとなると、他者が理解できる、香に密接に関係した銘が必要となる。また組香の場合は十人が、同じ時間、同じ対象の香りをともに鑑賞するのであるから、何か共感するものがあった方が楽しい。香りと関連するテーマを設定し、参加者はテーマを共有し香りと関連することに共感すると、香りに導かれたゆるやかな共同体を形成する可能性が生まれる。和歌などから引かれた詩的な言語表現が、伝統的な文学的仮想の空間という共有のベースを惹起することによって、他者との間に嗅覚の個人差を許しながらも、参加者同士の共感を可能にしたのではないだろうか。香りを言葉で伝える困難さは、個人の感覚を他者と共有することの困難さそのものである。それでも人は困難さを越えて何かを伝えようと試みる。

（1）松原睦『香の文化史——日本における沈香受容の歴史』雄山閣、二〇一二年、八七頁参照。
（2）木藤才蔵『連歌史論考（上）増補改訂版』明治書院、一九九三年、二一－三頁参照。
（3）本間洋子『香道の文化史』吉川弘文館、二〇二〇年、八八頁参照。

# 安永正臣の焼きモノ

箱の骨格

二十一世紀を迎えて、早くも二十数年の月日が経とうとしている。幼い頃夢見た二十一世紀は、こんな世界だっただろうか。表層だけを取り繕う言葉が行き交い。心を失った人々が暗い目をして、世界に憎悪の眼差しを向ける。人類は、私たちは、何処かで何か大切なものを置き去りにしてしまった。

二〇一九年、世界にまだコロナという魔物が表われていない頃のことである。私は、京都紫野にあるギャラリー器館の安永正臣展 -A Shadow of the Eternity- で、その忘れものたちに出会った。

安永正臣の作品、"Empty Creature" を見て、空しさについて言葉で表現することの難しさを知った。それほどに、安永の作品は空しさについて充分に表現していた。地球の歴史の中では、人間の歴史さえ星屑みたいなもの、言葉の歴史など、取るに足らないことだと思い知った。中国の美術家・建築家であるアイ・ウェイウェイは「光をプリズムに通すのを同じで、元は一つ。文字で記されたものは正確に広く伝えることができる一方、言葉の境界がある。その点、視覚的なアートは国境を越え、感情に訴えることができる」と語る[1]。アイは、詩人の父を持った。父は政府から迫害され続け、自身も八十一日間、罪に問われ、監禁された過去を持つ。今は欧州を

熔けあう器

拠点としてアートの意味を作品、映画、文章で問うている。この本もまた言葉とアートの表現の意味を問うものであり、アイの言葉が深く響く。

安永正臣は、一九八二年大阪生まれ、二〇〇六年に大阪産業大学大学院環境デザイン専攻を修了した。二〇〇七年には、三重県伊賀市で独立し、二〇一一年に、薪窯を築き、現在も伊賀市にて作品を創り続けている。独立してからは、焼き締めの急須や白磁のカップなど、使いやすく生活に馴染む器も人気を得た。しかしながら、学生時代から創作してきたオブジェへの挑戦も決して忘れてはいなかった。二〇一三年頃の白磁のカップには、高台に現代のオブジェシリーズを彷彿させる砂の窯変が見られる。二〇一六年頃からはオブジェだけで展覧会が開けるようになり、創作をオブジェ一本に絞った。この安永の決断は、役に立たないものに対する風当たりが強くなり始めた時期と重なり、安永が真っ向から無機質で温かみのない世界に戦いを挑んだように私には思えた。

安永のオブジェは、粘度をもたせた釉薬を手捻りし、硅砂やアルミナ、またはカオリンの原土などの中に埋めて、焼成したものだ。最初は三センチくらいのものしかできなかったという。展覧会場に

Empty Creature 1

並んでいた最大のオブジェ、「箱の骨格」は高さ二十一センチ、径が五十六センチという大きなものだ。長年にわたる安永の探求がうかがわれる。この作品の表層は、まるで深海の沈没船で見つけたもののような風貌だ。カオリンの原土のように粒子が荒いものに埋めて焼くため、釉薬が熔けてはみ出して、独自のテクスチャーとディテールが産み出される。

「熔けあう器」は、表層だけが遺された世界、それはどこか人類の今を表現している。大切な中身がいつの間にかなくなってしまい、表層さえも、もうどこかで熔けだしてしまっている。それでもなんとか支え合えながら、何かを待っている。誰かが助けてくれるそのときを、息をひそめて待っている。沈没船のなかで、長い年月、誰にも見つけられずに老いていきながらも、ひっそりと微かな光を放ち、佇んでいるのだ。これはモノではない私たち自身なのだ。

一方、両手の中にすっぽり収まりそうな愛らしい「Empty Creature」は、細かい粒子の硅砂やアルミナで埋められて焼かれたものなので、テクスチャーが滑らかだ。私はなぜかこの作品の前で、「ごめん。こんなに長い間待たせてしまって」と思わずつぶやいてしまった。愛されたものたち。誰かの忘れものかもしれない。触っ

Empty Creature 2

ているると、何かが心のなかでゆっくりと熔けていく。言葉だけでは熔かせない何か、身体を使ってこそ伝わる何か、確かな何かが、じんわりと、しかし確実に私の身体へ伝わってくる。それは空しさという名のものを、埋め合っているのか、溶かし合っているのか、それとも、空しさをわけ合っているのだろうか。わからない、わからないけど、熔けていく感情だけが確かなこととして私に遺った。

「Empty Creature」が幼気ないのは、忘れられたからといって、怒っているわけでも、腐っているわけではなく、むしろ微笑みさえ浮かべているからだ。誰かが必ず迎えに来てくれると信じて、希望の光を微かに放ちながら、ひっそりと待っているのだ。いや、待っているというより、希求しているのだ。

谷川俊太郎の「二十億光年の孤独」の一節が脳裏に浮かぶ。

万有引力とは
ひき合う孤独の力である。
宇宙はひずんでいる
それ故みんなはもとめ合う。

詩は説明する言葉を越えていく、直接に心に入ってくる。人もモノも、ひずんでいるからこそ、求め合うのだ。

安永正臣の「Empty Creature」は、持ち主となる誰かと出会うことで、魔法が解け、持ち主とともに、生の時間を刻み始めるのかもしれない。

コロナ禍となる前の展覧会を想い出し、あの頃から、もう世界は狂い始めていたと知った。今なお、狂って加速していく世界のなかで、私は何かを待っている。何かを求めている。

安永正臣の展覧会場は、人とモノの自他が、反転し熔け合う不思議な時間が流れていた。私はモノを見る人なのか、モノの世界に佇む人なのか。

(1)『朝日新聞』二〇二二年十一月二十二日。

弥生のお話　わかりあえなさをわかちあう

あわされたふたつのてのひら
とじればいのり
ひらけばうつわ

谷川俊太郎
「てのひらとゆび」より

St. JOHN 手茶碗

弥生は卒業の季節、この本も終わりに近づいた。扉の写真は鯉江明の焼きモノだ。詩の一節は谷川俊太郎の「てのひらとゆびの」から引用した。鯉江明は陶芸家鯉江良二の息子、この本の表紙の焼きモノは鯉江良二の焼きモノだ。谷川俊太郎、鯉江良二、鯉江明という三人の固有名詞から、私の自伝的記憶が鮮やかに想起される。この想い出については、次の「鯉江明の焼きモノ」で、お話ししよう。

さて、私はある固有名詞から想起される記憶があると話したが、まずは、この自伝的記憶と言葉の関係について考えてみよう。

臘月の章で、ある留学生が「ストロベリー」という言葉を聞くと、恋人との楽しい時間を想い出し、同時に今その人がいない喪失感から切ない気持ちになるというお話をした。自伝的記憶となっている過去の時空で恋人から放たれる「ストロベリー」の香りを嗅いだ経験から、「ストロベリー」という言葉に触れるだけで、その記憶を想起するという話だ。

自伝的記憶の特徴は辞書的な意味記憶と異なり、時空間を持つことである。例えば、文月の章での詠嘆の「も」の例、夏休みが終わる頃、ふと秋の気配を感じて発話された「夏も終わりか」や、自分の子どものある行動を見て、成長したなと再認識し、発話した「太郎も大きくなったなぁ」など、日常言語でありながら詩的でノスタルジックな情感が込められた発話について、思い出してほしい。詠嘆の「も」を使う話し手は現前の光景、「今ここ」の視覚情報を描写して発話しながら、過去の個人的な想い出、つまり自伝的記憶にある時空間を想起していた。また聞き手にも「今ここ」のみならず過去の時空間を想起させようと意図していた。

また睦月と如月の章でお話しした香りを伝えるための詩的表現も、「今ここ」ではない仮想の時空や過去の時空を想起させることができた。つまり、ある言葉が自伝的記憶を想起させる場合は、その自伝的記憶と、その記憶の時空にある言語表現が分かち難く結ばれている場合なのである。

香りを他者に伝えるために和歌や和歌から引いた言葉が使われていると、香を聞いた時空にはその言葉が存在し、それが鍵となって自伝的記憶が想起できる。言葉から考えてみると、ある人にとって、ある言語表現には「今ここ」ではない時空を開く機能があるということが指摘できるだろう。そしてその機能こそが、人がある詩やある言葉から現実世界を離れ、もう一つの異空間に想像の翼を広げて、たゆたうことができる理由といえるのだ。

そこで「詩的表現とは今ここではない時空を想起させる言語表現であり、ある言語表現が詩的表現であるか否かは発信者または受信者の背景知識に依存する」というタームを、詩的表現の機能の一端として提案したい。

詩的表現によって想像を伴い構築される世界は時空を持つ場所であり、緩やかに限定された開けを基盤として他者と語り合うことが可能となる。おそらくこの緩やかに限定された時空というのが、例えば、香りの感じ方に対する個人差を許し、他者と語り合うのにちょうど良いコミュニケーションの基盤となるのであろう。

さて、この本では日本の工藝をはじめ、焼きモノの創り手についても、お話ししてきたが、私が十五年にわたり、続けている作家や職人の聞き取り調査でも、工藝の技を他者に伝える言語表現は本書五八頁でも触れたように、石職人の「石の聲《こえ》が聞こえる」や仏師の「私は仏様を木から出してさしあげるだけです」など、非常に情感豊かな表現であることが多かった。技の境地を表わす言葉と詩的表現との関係性は非常に興味深いのである。こういった観点から、身体で感受した情報を他者に伝えるために、どのような言語表現が使われるかを見ていこう。

日本の芸道に関して、認知科学の視点から研究を行なっている生田久美子は、学びには「方法の学び」と「状態の学び」があると次のように説明する[1]。

「Task の学びは、いかにしたらある種の行為ができるかという「方法（やり方）の学び」（Learning “how to do”）として言い換えられることができるのに対して、Achievement の学びはある種の行為が生起してしまう「状態の学び」（Learning “to do” または “to be”）の違いとして解釈することができる。

Task の学びというのは、例えばステップ1、ステップ2のように順序立てて説明されたとおりにやっていけば、できるようになる学びであり、言語で説明され教えられた情報で学んでいく学びである。ところが、Achievement の学びというのは Task の学びとは異なる。

例えば、自転車に乗れるようになった日のことを思い出してほしい。自転車に乗る練習を毎日したから、他の人に教えられたとおりにやったからといって、必ず乗れるようになるわけではなく、ある日突然自転車に乗れるときがある。どうして自転車が乗れるようになったのかを言語化して説明するのは非常に難しい。「できた」「乗れた」という可能形は状態の動詞であり、どうしてこの状態が生起したかを説明することは時に困難である。Achievement の学びはある種の行為が生起してしまう「状態の学び」(Learning to be) であるので、どのようにしてこのような状態になったのかを言語化することが非常に難しいのだ。生田(二〇一一)は Achievement(到達状態)は言語化することは難しいが、あえて他者に伝える場合は、感覚の共有を促すことが意図されていると説明する。(2)

Achievement すなわち「到達状態」を提示(exhibited or exemplified)することによって「突きつける」ことしかできないことをあえて言語化したもの

ある種の「動き」や「身体感覚」を促すことを超えた「感覚の共有」であり、むしろ高次の「傾向性」の発現を目指すために開かれた「Achievement の感覚の共有」が意図されている。

Achievement の学びを他者に伝えたい場合、つまり伝授を目的とする場合は感覚をなんとか言語化して他者に伝えようとする。しかしその感覚は個別のもので話し手自身が他者から聞いたことがない言葉である。熟練した作り手しか辿りつけない世界、作り手それぞれが到る個別の到達状態で、他の人間から聞いた世界、状態ではないので、言葉で説明するのが困難なために、しばしば自然からのメッセージが見える、聞こえるといった可能動詞が使われるのだ。

自分の感覚の世界を他者に完全に伝えることは不可能であると断念することは、人生の様々な場面でやってくるだろう。しかしわかりあえないと知ったうえでもなお、言葉にすることはある。いつか誰かとこの世界をわかちあえるかもしれないと、かすかに希求し、祈るように伝えるのだ。

最後に、一遍の詩を紹介しよう。生まれたときから病気で入退院を繰り返す九歳の少女は、病院のベッドで寝ている人しか見えないオーバーテーブルのうらにびっしりと書かれた寄せ書きのような言葉を発見し、私は一人じゃないと思えるようになったという。彼女の詩だ。

時間をこえて言葉を受けとり

言葉を届ける。

どこに住んでいるのかも
今はどうしているのかもわからない、
だれかの言葉。[3]

（1）生田久美子『わざ言語——感覚の共有を通しての「学び」へ』慶應義塾大学出版会、二〇一一年、一二頁。
（2）同前、一六頁。
（3）前田海音『二平方メートルの世界で』小学館、二〇二一年、三一頁。

# 鯉江明の焼きモノ

二〇一〇年四月二十八日（水）、午後二時から午後四時近くまで、私が教える京都工芸繊維大学で、谷川俊太郎と鯉江良二の対談があった。恥ずかしながら、私が進行役を務めさせていただいた。会場は五百人を収容できる大学のセンターホールであったが、見る見るうちに満杯となり、映像を流すホールを別に用意しなくてはならないほどの盛況となった。

対談のタイトルは「ことばの力　ものの力」。稀代の詩人と陶芸家の対談が、熱気ある会場で始まった。この章の冒頭の詩の一節は谷川俊太郎が、その会場で朗読してくれたものだ。

なぜ、この二人なのか、その関係性の秘密は常滑《とこなめ》という場所にある。

常滑は知多半島にある常滑焼が有名な地だ。谷川俊太郎の父、哲学者の谷川徹三は常滑に生まれ、育った。その家の近所に鯉江良二は住んでいた。鯉江良二は東京の展覧会の原稿を谷川徹三に依頼するなど、人生の節目で谷川家との関わりをしばしば持った。鯉江の最初の妻が死の病に侵され、谷川俊太郎に電話したときも、谷川はいとこのドクターを紹介して、話をさせた。そこで、鯉江は死というものを納得した、と対談で話している。

谷川俊太郎と鯉江良二の対談

この対談の一か月くらい前から、鯉江良二と五十人ほどの学生が集まった陶芸のワークショップを私たちは行なっていた。そこには、八か国に及ぶ国からの留学生もいて、鯉江良二らしい国際的で賑やかな集いとなった。このワークショップをサポートしてくれたのが、良二の息子の鯉江明である。

鯉江明は一九七八年に鯉江良二の二度目の妻との間に、常滑で生まれた。当初、父と同じ陶芸家になるつもりはまったくなく、福祉に関係ある仕事を志していた。一九九九年に名古屋福祉法経専門学校幼児教育科を卒業した後、父の仕事を手伝い、知的障がい者施設での陶芸のワークショップを行なった。そのときに、陶芸がハンディキャップを持つ人にとっても、楽しく有意義なものであることを知り、福祉と陶芸が接点となる場所で働くことを視野に入れるようになった。決定的な契機は二〇〇四年常滑市古窯発掘調査に参加したときに訪れた。発掘品に中世の陶工の手跡や仕事の痕跡を目のあたりにし、衝撃と強い感動を覚えた。常滑で焼きモノをする意味を確信し、焼きモノを一生の仕事としようと心に決めた。

二〇二二年夏から秋にかけて、愛知県で国際芸術祭があった。常滑も会場の一つとなり、ＩＮＡＸライブミュージアムでは鯉江良二の展覧会が開かれた。私は、十月六日から一泊二日で常滑を訪れた。鯉江良二は晩年、喉頭癌に侵され、声を失くした。息子の明の力を借りなければ、仕事は継続できない状況も長く続いた。明は父の介護をしながら、焼きモノを学んでいく。私が前回、ＩＮＡＸライブミュージアムを訪れたときも、明が車に乗せて、良二を連れてきてくれ、この庭で私は鯉江親子と再会したのだった。そのとき、精悍だった父、良二は見る影もなく弱々しくなり、良二が声を失ってからは、人とのコミュニケーションで使っている小さな白板で会話をした。その傍らには、しっかりと良二を支える明がいた。

十月六日は常滑市役所を長く勤め上げ、定年退職をしてからはボランティアで常滑の文化活動に関わっている渋木桂子さんの案内で常滑の芸術祭を観覧した。レンガ造りの煙突を眺め、土管を焼くのに使った古い敷輪を並べた土管坂をそぞろ歩くと、常滑の歴史が伝わってくる。土管坂を上り切ったところに鯉江良二の初恋の人が今もカフェをやっているという、そこで鯉江明と待ち合わせた。カフェでの談笑のあと、明の車で常滑の海を見に連れていってもらった。奇跡的に今まで降っていた雨が上がり、光が見えた。海が近くにあったことは常滑の焼きモノが興隆するのに好都合だった。生産した焼きモノを船ですぐに輸送できるからだ。海沿いに近い谷川徹三の実家だった家を通り、鯉江良二の展覧会に向かう。展覧会は常滑での良二の革新的な陶芸の活動と、生涯のテーマだった反戦・反核の精神がひしひしと伝わってくるものだった。

十月七日は朝から雨だった。鯉江明とともに、最初に平安時代の窯跡に向かった。鯉江明が陶芸を一生の仕事にしようと決心した場所であった。雨の窯跡には人ひとりいなかった。静寂が流れる。窯跡がこんなに美しいとは思ってもみなかった。苔生した窯は千年の時のなか、一つのオブジェとなっていた。常滑には、平安・鎌倉の

平安の窯

穴窯が三千基以上あったという歴史が走馬灯のように脳裏を走る。ここで千年以上前に誰かが、しかし確かに窯を焚き、器を作っていたのだ。

私は「よみ人しらず」の和歌が今に伝わることと、目の前の窯に、何か共通なものが流れているような気がして、鯉江明に和歌の話をしていた。明も何かが腑に落ちたようで、二人は、雨のなか、千年という時に、ただ想いを馳せたのだった。オブジェとなった窯と和歌、どちらも、人々の手から手に、声から声へと渡り、人々の身体を通して、今に伝わっている事実を見つめていた。

和歌は、過去の和歌に共感し、その中で共感した言葉を、再び使い、再構成していく人の営みである。その世界に、個人の独創性を重んじるという歴史はない。父良二の時代は、第二次世界大戦後であり、西洋諸国に負けまいと焼きモノにも独創性が要求された時代であった。良二もまたその強烈な個性で世に出た人である。しかし、明の個性は父とはまったく異なる。明は、人類が生まれてからずっと受け継いできた土や水や火という自然とともにある人の営みを愛し、自分も人として次の世代に美しいものを渡していきたい、紡いでいきたいという願いを焼きモノに託しているのではないかと、推し量る私がいた。

明の工房に向かった、人気のない山のなかの一軒家だ。家といっても、穴窯と工房、そして山羊が数匹いるだけだった。

人が明に焼きモノの話を聞くとき、どうしても偉大な父の話題が出ることが多く、そのことが明にとって、少し複雑な感情もあるのではないかと、ふと心配になる。鯉江良二は二〇二〇年八月六日に亡くなった。明は最後まで自分なりに精一杯介護できたから、悔いがないという。明と同様父が高名な陶芸家の友人に、父の死を、電話連絡したときの話を、明が自らした。友人は明に「これからだ

山羊

穴窯

工房

な」とぽつんといったという。雨の音しか聞こえてこない静かな工房で、明は父を看取る時間のなか「父が僕に入ってきた」という話をした。「後は咀嚼し、栄養として身体に吸収し、自然に排出される」と。

明は焼きモノを専門的に学んでいない。まさに、土を探し、土を掘りだし、直に手で触れて、焼きモノの工程を身につけてきた。常滑の土は良二が対談で「常に滑る、つまり地面そのものが粘土だ」と述べたように、焼きモノのための良質の土がある。明はその土に魅了され、窯を創り、古人をなぞって、焼きモノを懸命に創り続けている。その営みから生まれる焼きモノの奇跡、「よみ人しらず」の和歌のように、静かに人から人へと千年受け継がれる奇跡の焼きモノが生まれるのを、明は待っているように感じられた。良二のもとに集まる多くの外国人から学んだ鯉江明は、この地球の恵みとしての焼きモノを追求し続ける。鯉江明の焼きモノについて、今多くを語るのは私にとって時期尚早だ。生きる楽しみとして未来にとっておこう。

人が詩を創る営みも、人がモノを創る営みも、なぜ創るのか、何を伝えたいのかということを言葉で説明することは、時に困難を伴う。しかし自分の感覚の世界を他者に完全に伝えることは不可能であると断念していたとしても、自分が生きている間に伝えたい大切な何かがある。言葉もモノも詩的な機能を持ちうれば「今ここ」から離れ、他者を異空間へと誘うことができる。その開かれた時空で、想いはわかちあえると、私は信じている。

# あとがき

今年のお正月は少し体調を崩してしまい、家のなかで、窓から見える空をぼーっと眺めていた。

冬の空は変わりやすく、青空が見えていたかと思うと、急に雲行きが怪しくなり、窓にポツリぽつり、ポツリと、涙のような水玉を落とした。その水玉を数えるように見ていると、少しずつ雲の間から青空が覗きだし、雲はゆっくりと流れて、また青空が広がった。人生もこんな感じかもと、ふと思った。嵐のような日々もきっと長くは続かないし、晴天も続きはしない。無常なのである。

悲しい時は息を潜めて、ただ凌ごう。嬉しい時はいつか終わるなんて当たり前のことは考えず、幸せにどっぷり浸ろう。人間は「生き死に」を選ぶことはできない、しない方が良い。生きることも死ぬことも自然なこと、万物は流転する。生きとし生けるものは、皆等しく変化していくのが常である。それは紛れもない事実だ。
とりあえず、今日一日、わかりえなさを抱きしめて、生きてみる。生きてさえいれば、いつか浮上する日がきっと来る。

二〇二三年　睦月吉日

澤田美恵子

# 謝辞

思えば、終章で触れた二〇一〇年四月の谷川俊太郎先生と鯉江良二先生の対談、「ことばの力、ものの力」を企画した時からずっと私の中にあった問題を解くために、いろんな本やモノや、さまざまなジャンルの専門家に出会って、学んできたのだと本書をまとめて気がついた。気がつけば十三年という月日が経っていた。まずは、このような深い問いに導いて下さった谷川俊太郎先生と故鯉江良二先生に、心より御礼を申し上げたい。

私は言語学の論文で博士号を頂いている。そのような者が工芸や茶道や香道について語っても良いのかというお叱りを頂くやも知れない。しかしながら、フランスのグルノーブル大学で日本語や日本文化を教える外国人講師として、大学での任をスタートした私にとって、この本はとても自然な行為である。

異なる文化に生きる人々が対立することはいとも簡単である。例えば山の動物と里の人の間に里山が必要なように、どの世界にとっても、異なる文化の人々が共存するために境の領域は重要であると信じている。そして私は生涯、この境の領域に立って仕事がしたいのだ。

本書で書かせて頂いた陶芸作家の方々、そして写真を快く使わせて下さったギャラリー器館の梅田稔さん、美津子さん、哲学的な視点から議論の相手をして下さった伊藤徹先生、突拍子もない企画を受け入れて下さったナカニシヤ出版の石崎雄高さんも、境の領域にいる私を理解しサポートして下さる人である。いつもとても感謝している。本当にありがとうございます。

そして、心も身体も実に弱い私をいつも支えてくれる娘と母と彼、そして猫の真李愛に「ごめんね。ありがとう」と伝えたい。

## 付記

＊本書の内容のもとになった論文は、澤田美恵子が単独執筆した以下の四本である。「香りと詩的表現」（『京都工芸繊維大学学術報告書』一四、二〇二二年二月、四九－七〇頁）、「詠嘆の「も」と挨拶語――日本語の共在感覚」（『京都工芸繊維大学学術報告書』一三、二〇二〇年十二月、二九－四四頁）、「工芸という文化――自然とモノからの情報の受容」（『社藝堂』七、社会芸術学会、二〇二〇年、九一－一一六頁）。「共在感覚の時空間」（伊藤徹編『空間感覚の変容』二〇一九年、四六－五五頁）。

＊「〇〇の焼きモノ」の多くは、『陶説』（日本陶磁協会発行）において執筆した記事をもとに加筆修正した。以下に、その号数等を示す。「津守愛香の焼きモノ」は八〇七号、二〇二〇年七月、一〇六－一〇九頁。「大江志織の焼きモノ」は八一七号、二〇二一年六月、八九－九二頁。「高柳むつみの焼きモノ」は八三四号、二〇二三年一月、一六五－一六八頁。「長谷川直人の焼きモノ」は八〇二号、二〇二〇年二月、七九－八二頁。「中村

譲司の焼きモノ」は八二七号、二〇二二年五月、八一－八五頁。「下村順子の焼きモノ」は八二一号、二〇二一年十月、一三四－一三七頁。「澤谷由子の焼きモノ」は八二六号、二〇二二年四月、八一－八四頁。「安永正臣の焼きモノ」は七九九号、二〇一九年十月、六一－六三頁。他は書下ろしである。

＊本書の副題は、最果タヒさんが朝日新聞の読書欄（二〇二三年一月二十一日）で書かれた文章に inspire されたものである。

＊作品の写真の多くは、カラー写真で様々な角度からギャラリー器館の作家アーカイブ（https://www.g-utsuwakan.com/shop）で、見ることができる。

**澤田美恵子**（さわだ・みえこ）

京都工芸繊維大学教授。博士（言語文化学）。工芸評論家（http://www.lovekogei.com）。京都市生まれ。大阪外国語大学大学院修了後、グルノーブル大学（フランス）講師、神戸大学助教授、京都工芸繊維大学准教授を経て現職。著書に『やきものバイリンガルガイド』（小学館、二〇二〇年）、『工芸バイリンガルガイド』（小学館、二〇一八年）、『やきもの そして生きること』（理論社、二〇一八年）など多数。

# 詩とモノを創る営み

## ――わかりえなさを抱きしめる――

2023年4月18日　初版第1刷発行　定価はカバーに表示してあります

著　者　澤田美恵子
発行者　中西　良
発行所　株式会社ナカニシヤ出版
〒606-8161　京都市左京区一乗寺木ノ本町15番地
電　話　075－723－0111
FAX　075－723－0095
振替口座　01030－0－13128
URL　http://www.nakanishiya.co.jp/
E-mail　iihon-ippai@nakanishiya.co.jp

落丁・乱丁本はお取り替えします。ISBN978-4-7795-1739-6 C0095

装丁　草川啓三
印刷・製本　ファインワークス